„Für Nina"

19.10.2007

Gudrun + Wighard

Ingrid Bachér
Der Liebesverrat

Ingrid Bachér

Der Liebesverrat

Dittrich Verlag

Bibliographische Information Der Deutschen Bibliothek
Die Deutsche Bibliothek verzeichnet diese Publikation in der Deutschen Nationalbibliographie; detaillierte bibliographische Daten sind im Internet über <http://dnb.ddb.de> abrufbar.

ISBN 3-937717-15-3

Umschlaggestaltung: Guido Klütsch

www.dittrich-verlag.de

Alles was unbegreiflich ist,
hört nicht auf zu sein.
Pascal

Es war der letzte Abend des Jahres 2004. Er fuhr unachtsam zu schnell, obwohl die Straße ihm fremd war, unübersichtlich kurvenreich und von Bäumen gesäumt. Die Nacht begann früh in dieser Jahreszeit und so war kaum etwas von dem Land zu sehen, das kalt und verschlossen war und seinem suchenden Blick keinen Anhaltspunkt bot.

Sie saß ruhig neben ihm und schwieg.

»Wir werden es schon finden«, sagte er. »Nur weiß ich nicht, warum man zu Silvester immer etwas Besonderes unternehmen muss.«

»Aus Liebe zu den Freunden«, sagte sie.

Arno antwortete nicht mehr, versuchte sich zu orientieren. Endlich bog er in eine Allee ein und fuhr auf einen Parkplatz, der zu dem Restaurant gehörte, das man ihm genannt hatte.

Als er und Nina die Steintreppen zum Haus hinaufstiegen, erschien es ihnen übermäßig hell erleuchtet zu sein. Es lag am Hang und von der Terrasse aus, die zum Restaurant gehörte, würden sie um Mitternacht die aufsteigenden Raketen sehen können. Aber bis dahin war noch Zeit.

Im Saal trafen sie ihre Freunde, Arthur und Karla. Auch andere Gäste waren gerade angekommen und riefen sich freudig beim Namen, als fänden sie sich nach langen Gefährdungen endlich wieder. Man bewunderte einander und beglückwünschte sich selber, hier zu sein. Es war die heitere Unruhe der Ankunft, die alle beherrschte. Sie legte sich erst allmählich, als jeder seinen Platz gefunden hatte. Es gab zehn runde Tische im Raum, alle noch unberührt, eingekleidet mit weißem Damast. Auf der einen langen Seite des Raumes waren die Fenster, die zur Terrasse gingen, auf der anderen Spiegel, die das Licht der Kronleuchter diffus verdoppelten.

Arthur kam auf Nina zu und umarmte sie freundschaftlich. Beide waren gewohnt die verschiedenen Formen der Umarmungen zu beachten, etwas lässig leicht jetzt, da sie sich in Gesellschaft mit anderen trafen.

»Gut, dass du nicht gerade in Madras warst«, rief Arthur Arno zu.

»Die Fahrt steht noch aus«, sagte Nina und umarmte Harriet und Bernward.

Sie waren das dritte Paar, das zu dieser Freundesrunde gehörte. Bernward war ein bedächtiger Mann, der das Geordnete liebte. Er hatte sie hierher eingeladen, damit ihr Treffen einen angemessen festlichen Rahmen bekam.

»Wie gut, euch wiederzusehen und in solch einer Nacht«, rief Harriet. Neben ihr stand Judith. Nina sah sie aufmerksam an, überrascht davon, wie schön sie war. Sie hatte Judith nie zuvor gesehen, doch erinnerte sie sich daran, dass Arno von ihr gesprochen hatte wie von einem Wunderwesen. Eine sehr junge Frau, die nicht die Glätte der jetzt propagierten, wie künstlich erscheinenden idealen Beautys hatte, sondern eine wilde sanfte Sinnlichkeit, eine Art Vollkommenheit der Jugend ... Ja, so ähnlich waren Arnos Worte gewesen. Jetzt verstand Nina seine Faszination, die Begierde, die sich in seinem Gesicht gezeigt hatte, gemildert sogleich durch sein ihr vertrautes Lächeln, sein Fuchsgesicht.

Nina beobachtete wie Judith Arthur und Karla begrüßte und nun auch ohne zu Zögern Arno, der sie mit ausgestreckten Händen ein wenig von sich abhielt, als wollte er sie genauer anschauen. Bernward sagte, er habe Judith mitgebracht, die Tochter seiner Schwester, die in Kolumbien lebe, wo Judith auch aufgewachsen sei. Und er betonte, dass Arno Judith ja schon kennen gelernt hätte. Unklar war, ob er Arno damit Schwierigkeiten oder eine Freude machen wollte. Er wusste, dass Arno sich in der letzten Zeit oft mit Judith getroffen hatte und vielleicht wollte er ihr nun zeigen, in welchen festen Verbindungen Arno lebte. Auf jeden Fall war es eine Veränderung der üblichen Silvesterrunde, die er absichtsvoll herbeiführte, und etwas scheinheilig klang seine Frage an Arno: »Es gefällt dir doch?«

»Wenn du meinst, dass dies passend ist.«

Da Karla ihn nun umarmte, musste Arno sich zu ihr wenden, fühlte sich nicht gut, wie er Karla erklärte und sie, wie immer hilfsbereit, fragte besorgt nach. Er wich aus, indem er von einer Erkältung sprach und konnte kaum abwehren, dass sie ihm ein Aspirin geben wollte. Die Situation war lächerlich und er wusste es. Er wechselte einige Sätze mit Judith, ohne dass jemand darauf achtete. Zu sehr waren alle immer noch mit dem Begrüßen beschäftigt, dem Nachfragen, wie es ging, wie die Fahrt hierher war und dabei sich umzusehen und wahrzunehmen, wie nun die anderen Tische besetzt waren mit Leuten, die wie sie sich umsahen und den Raum lobten, die Beleuchtung, die diskrete Dekoration. »Schön, dass ihr da seid«, sagte Harriet. Immer wieder dies Schöne, ein schöner Abend eine schöne Begegnung, ein schönes Gesicht, eine schöne Antwort.

Arno ließ den Blick nicht von Judith. Er liebte jede ihrer Bewegungen, die unbefangene Freizügigkeit, mit der sie sich präsentierte, sich ihrer eigenen Wirkung kaum bewusst. Es war das noch unbeschädigt ihm vollkommen Erscheinende, das ihn anzog. Er wünschte, er hätte sie eher getroffen und sagte sich sogleich, dass dies abwegig war, da sie da noch ein Kind gewesen wäre. Sie blickte ihn fragend an und er lächelte zurück. Er dachte an eine Zeile von Tucholsky: *zwei dunkle Augen, ein kurzer Blick – vorüber*, an Liebe, Sex und Obsessionen, die er erfahren hatte, an seinen Körper, das Medium, und spürte die plötzliche Gier, unter allen Umständen gewinnen zu wollen. Bernward störte ihn mit der Frage, ob der Kongress in Madras wirklich stattfinden würde und er erklärte, es sei nur ein Treffen einiger Architekten mit Vertretern des Landes geplant und natürlich würde er hinfahren.

»Vielleicht ist das eine größere Hilfe als Geld zu spenden«, sagte Bernward und Arthur lächelte und zitierte den Spruch einer Kabarettistin, die über die Wandlungen der 68er Generation spottete: *Seitdem ich nicht mehr spende, lebe ich besser.* Aber natürlich würde auch er spenden. Karla hatte sich immer wieder die Nummern der Konten für die Tsunamihilfe aufgeschrieben und darüber diskutiert, wer am sinnvollsten das Geld verteilen würde.

Inzwischen hatte sich ein Schwarm von Kellnern im Raum verteilt und Getränke angeboten. Die Gläser in der Hand standen die Männer noch immer um Judith herum und die Frauen näher am Tisch, die Tischordnung bedenkend. Judith wurde zwischen Bernward und Nina sitzen, an Ninas anderer Seite Arthur, dann Harriet, Arno, Karla und bei Bernward schloss sich wieder der Kreis. Die Ehepaare konnten sich so über den Tisch hinweg ansehen und Arno hatte sowohl Nina wie Judith im Blick.

»Ein Treffen auf dem Lande«, sagte Arthur zu Nina, als er sich neben sie setzte. »Geht es dir gut?« – »Vortrefflich, da ich dich sehe.« Seine Gegenwart beruhigte sie. Er war der Vermittler in dieser Runde, überaus höflich und ohne Illusionen. Für Nina war er ein zärtlicher Freund, aufmerksam, doch nie sie bedrängend. *Er ist ruhig anwesend für viele Menschen*, so hatte sie ihn in der Festschrift zu seinem 50. Geburtstag vor einigen Monaten beschrieben, *und ohne sich dessen zu rühmen, löst er selbst diffizile Schwierigkeiten, als seien es nur geringfügige Belästigungen.*

Dabei wusste wer Arthur kannte, und Nina kannte ihn gut, dass er ziemlich fern sein konnte. Verbindlich zuhörend, doch fern wie ein Einmannsegler auf hoher See, der der ganzen Welt erzählt, was er sieht, der vom Boot aus seine Geschäfte lenkt, eigene und fremde Gedanken und Hände. Aber auf seinem Boot war noch niemand, und niemand weiß, ob er nicht in den Nächten die Zähne vor Hunger in die rohen toten Fische schlägt, die der Sturm in sein Boot warf. Selbst Nina wusste es nicht und auch Karla nicht, seine Frau.

Zum Aperitif wurde gereicht: *Gebackene Gänseleber mit Aprikose und Mousse von Parmaschinken und Parmesan aufLöffel.* Es war kurz vor einundzwanzig Uhr.

Bernward schlug leicht an sein Glas, um noch einmal die Freunde zu begrüßen. Was war gewesen? Was blieb? Was verging? Er stand nicht auf, beugte sich nur vor und hob das Glas und sagte: »Wir wollen auf unsere Freundschaft trinken. Silvester, das ist wie Kassensturz. Dann können wir nachrechnen, was uns das Jahr gebracht hat. Wohin wir wollten, was wir erreichten, was erwünscht, was erkannt, wie wir uns wandelten und was wir verpassten. Wieder ein Jahr vorbei. Beruflich nicht ganz so erfolgreich, aber das ist angemessen. Wir haben auch früher kämpfen müssen. Und überhaupt angesichts der Katastrophenbilder aus aller Welt, die uns erreichen, müssen wir überlegen, was wir tun und jeden guten Augenblick bewusst genießen. Es ist schön, dass wir heute Nacht Judith bei uns haben, so ist hier die Jugend zu Gast. Immer wieder der Beginn ...« Er sprach ruhig, wie gewohnt etwas überdeutlich und sein Lachen war kurz und trocken. Arthur und Arno tranken ihm zu, bevor die Frauen sich dem anschlossen.

Die drei Freunde kannten sich aus der Studienzeit. Ihr Vertrauen zueinander war Gewohnheit geworden, weil in die Jahre gekommen. Es verband sie die Erinnerung an eine Zeit, als Arthur Chemie studierte, Bernward sich sein Medizinstudium selber finanzieren musste und Arno Musiker werden wollte und dann doch ernsthaft mit dem Architekturstudium begann. Wobei er beteuerte, das eine wäre nicht fern dem anderen. Schon damals seine Neigung, Verschiedenes als etwas Zusammengehörendes anzusehen. Die Ideen, die sie einst verbanden, jetzt hatten sie kaum noch Bedeutung. Doch wussten sie voneinander und würden sich aufeinander verlassen können, das zählte. Gewiss war immer die freudige Begrüßung, die Freude einen Zeugen der eigenen Jugend wieder zu finden und so ein wenig sich selber und die Sicherheit zu haben, willkommen zu sein, in welcher Situation auch immer. Das änderte sich nicht, obwohl sie nun schon weit mehr als zwei Jahrzehnte von dieser Zeit entfernt waren. Geblieben war auch eine körperliche Sympathie, das Vergnügen miteinander zu sein, zu gedenken der gemeinsamen Irrtümer und Affären, auch der komischen Situationen und endlosen Diskussionen über Maoismus und Marcuse, Horkheimers Vernunftbegriff, Pasolinis Ketzererfahrungen, Castanedas Lehren des Don Juan, Jim Morrisons Musik und Ginsburgs Stil ... Eine Zeit der gemeinsamen Erkenntnisse und der Verantwortung füreinander. Erinnerung auch an ein unversorgtes Leben, als Bernward sich Geld als Aktmodell in der Akademie verdiente, Arno nebenbei auf dem Bau arbeitete und Arthur und er nachts in einer Pianobar spielten. Mit der Zeit dann wurden die Ziele konkreter und nüchterner die Betrachtungen. Missstände wurden jetzt nur noch gelegentlich wahrgenommen und sie reagierten nun unterschiedlich darauf, je nach dem Stadium des Rückzugs ins Berufliche und Private, in dem sie sich befanden. Dabei hatte jeder auf seine Weise Erfolg. Bernward hatte seit Jahren eine eigene neurologische Praxis. Arno machte sich mit Industriebauten einen Namen und hatte mit zwei Partnern ein Architekturbüro geschaffen, das immer stärker von Aufträgen außerhalb Deutschlands lebte. Arthur war im Vorstand eines Chemie-Konzerns und hatte an der Universität eine Professur. Manchmal verabredete er sich mit Arno, um gemeinsam in ein Konzert zu gehen, und manchmal trafen sie sich auch mit Bernward bei irgendwelchen Ausstellungseröffnungen, weil er sich stets für die allerneueste Kunst interessierte. Einmal im Jahr machten die drei Männer gemeinsam eine große Radtour. Eine sehr männliche Angelegenheit, wie Nina fand, weil es vor allem in kurzer Zeit um das Abradeln großer Strecken in fernen Ländern ging, nur mit gelegentlichen Rastpunkten, wenn etwas kulturell Bedeutsames zu sehen war.

Die drei Frauen waren später zu diesem Kreis gekommen. Karla hatte zwei Töchter mit Arthur und ihren Beruf aufgegeben. Nina hatte Anglistik studiert und arbeitete in einer Presseagentur, erst nur für Kultur zuständig, mittlerweile für fast alles, was redaktionell anfiel, weil immer mehr Kollegen entlassen worden waren. Harriet war Personalberaterin für einen amerikanischen Konzern, der in Deutschland tätig war. Äußerlich gab Harriet das Bild der modisch exzentrischen Figur an diesem Tisch. Wie in einem Kokon schwebte sie auf der vorderen Kante des Sitzes ihres Stuhls in einem Kleid von Miyake. Bernward mochte es nicht, wegen der Raffungen eines dünnen Stoffes über dem anderen. Sie aber liebte es, weil es sie wie eine Hülle umschloss, ein in sich gelocktes Fell aus schwarz-rotem Chiffon, tief ausgeschnitten und fast bodenlang. Und dazu trug sie eine winzige Kappe aus Federn in ihrem Haar, fragil und perfekt. Nach ihrer Meinung gehörte diese Verkleidung zum Spiel der Gesellschaft, das sie nüchtern mitmachte. Es gefiel ihr, dass alle sich an die Verabredung gehalten hatten und gekommen waren, um ihre Freundschaft für das neue Jahr zu bekräftigen und voneinander zu erfahren, was gelaufen war, wie jeder seine Vorstellungen beibehalten oder verändert hatte, wie der Stand war, auf dem sie gerade verharrten. Denn in dieser Nacht verharrte alles, erlaubte ein Atemholen, nach dem sie sich wieder hineinstürzen würden in das, was Harriet spöttisch ob ihrer aller Betriebsamkeit, die sie nicht weniger mitmachte, als das Nichts bezeichnete, das stets auf vollen Touren lief.

»Sechs Gänge, verteilt bis zur Mitternacht und alles vom Besten«, verkündete Bernward. Er war zufrieden. Neben sich hatte er seine Freunde, vor den Fenstern die Nacht und in ihr die Lichter der Stadt, und von der Stadt aus würde man die Lichter dieses Hauses sehen können. Die Nacht draußen war abgrundtief, samten friedlich. Bernward begann die Reihenfolge der Speisen zu erklären und warum er sie so ausgewählt hatte. Überzeugt war er von der Wichtigkeit des richtigen Essens, weil das, was man aß, den Körper bildete. Und Judith saß da in ihrer entwaffnend schönen Körperlichkeit und sagte, davon verstünde sie nichts. Aber es gäbe einiges, was sie nicht essen möge, und er sagte, wenn sie auf der Speisekarte etwas finden würde, was ihr nicht gefiele, wäre es natürlich für ihn ein Vergnügen, ihr etwas anderes zu bestellen ... und so fort. Für ihn war Kochen eine der edelsten Künste. Befriedigten die Speisen doch nicht nur den Gaumen, sondern auch die Nase mit der Mischung verschiedenster Düfte und das Auge, wenn es gut angerichtet serviert wurde. Sie belebten den ganzen Menschen von innen, beeinflussten Geist und Seele, die ja irgendwo im Menschen ihren Ort haben mussten. Fehlen tat ihm an diesem Abend hier einzig der Genuss für die Ohren. Er schätzte Tischmusik über alles. Freilich nicht solche, die feierlich zuerst vorm Essen an manchen Orten geboten wurde, wobei man ruhig und stumm zuzuhören hatte, sondern Tischmusik, die gespielt wurde während man aß und sich unterhielt, belebt auf jede Weise. Wobei zu wünschen war, dass die Musik nicht aus irgendeiner Konserve kam, sondern von Menschen gespielt wurde, die gleichzeitig mit den Essenden im Raum waren, so teil hatten an diesem Fest. Je nach Bedarf konnten sie lauter oder leiser spielen, ruhiger oder erregter, und dabei eingehen auf den Klang, den auch ein gut komponiertes Essen abgab, wenn die Abfolge sorgfältig überlegt war.

»Ich achte immer auf das Essen«, sagte er. »Wer es nicht tut, verpasst etwas ganz Wesentliches. Der Körper verändert sich, wenn man ihn sorgfältig ernährt.«

»Der Geist formt den Körper, nicht das, was man isst«, beharrte Arno, dem es ziemlich gleichgültig war, was er aß.

»Der Körper ist Ausdruck der Seele, warum sonst geben wir uns so viel Mühe ihn zu gestalten«, sagte Harriet und Nina lachte und rief: »Der Löwe besteht aus verdautem Schaf ...« Doch Bernward war darüber gekränkt: »Ich finde das nicht komisch. Du verstehst nichts vom Essen, wenn du meistens auswärts isst.«

»Berufsbedingt.«

»Wie auch immer, es wird Gründe haben, dass du nicht viel kochst.«

»Nur keine psychologischen Betrachtungen, alles kann man erklären, aber es ist damit nicht aus der Welt«, sagte Arno. Sie tranken sich zu. Es war gut miteinander zu sein. Wir sehen uns viel zu selten – das war jetzt die einhellige Meinung. Doch in Zukunft wird es besser werden. Es muss besser werden. Es kann nicht anders sein.

»Morgen in Augsburg«, sagte Arthur.

»Und morgen und immer wieder morgen«, antwortete Arno ihm und sie wussten beide, dass dies sie nicht nur an den Titel eines Theaterstückes erinnerte, sondern auch an einen Zettel, den sie gemeinsam vor vielen Jahren an einer Tür gesehen hatten: *Morgen komme ich nicht* und sich gefragt hatten, welcher Morgen gemeint sei und ob er je käme, der da kommen sollte.

Im Raum war jetzt jeder Tisch besetzt. Die Kellner schenkten Wein ein. Bernward sagte, sie sollten die Flaschen auf dem Tisch stehen lassen. Jeder würde sich selbst nachschenken. Alles sollte wie früher zwischen ihnen sein und doch veränderte sich nach und nach die Stimmung durch Judiths Anwesenheit. Wirkte Arthur nun nicht lebhafter, wenn er sich Judith zuwandte? Ja, war nicht sogar Bernward nachsichtiger nun, saß nicht so aufrecht starr wie gewöhnlich, sondern lehnte sich zurück und schwieg nicht, wenn er unterbrochen wurde, verärgert wie sonst? Und auch Nina war aufmerksamer nicht nur Judith gegenüber, sondern allen am Tisch und wünschte, die Veränderung zu erkennen. Arno sah Judith über den Tisch hinweg an, alles war möglich wieder, die Befreiung aus der Erstarrung, der unterirdische Fluss der Lust. Dabei war er in Sorge, ob Judith sich langweilen würde in dieser Nacht. Bis jetzt hatte es zwischen ihnen keine Rolle gespielt, dass er viel älter war als sie. Doch nun war hier am Tisch sein Jahrgang gut vertreten und dies in einem Restaurant, in dem vor allem Menschen saßen, die einige Niederlagen und Erfolge schon hinter sich gebracht hatten. Umso mehr redete er, selbst wenn nicht mit ihr, so doch immer für sie.

Dabei war es einerlei, was er sagte, sie nahm seine Worte auf, als seien sie Liebeserklärungen und das waren sie wohl auch. Vielleicht hörte sie andere Worte, als er sagte, oder die anderen hörten andere Worte, denn sie kannten den Text nicht, den er ihr mit jedem Wort sandte. Verborgene Botschaften im üblichen Gerede. Judith fühlte sich wohl, sie trank mehr Wasser als Wein, aß wenig und sprach jetzt eifrig mit Karla. Bernward, der zwischen ihnen saß, beugte sich etwas zurück und sagte nur selten ein Wort dazu.

Keiner konnte überhören, wie selbstverständlich Judith davon sprach, dass Arno ihr in diesen Tagen in all den alltäglichen Dingen beim Einzug in ihr Appartement hilfreich gewesen war und sei es nur durch seine Anwesenheit. Es war offensichtlich, es gab niemanden auf der Welt, der so wichtig für sie war wie der schmale, lebhafte Mann ihr gegenüber. Ihre Augen hatten etwas Funkelndes, Abgründiges, während sie sprach, und spürbar war ihre zärtliche Unbefangenheit, ganz getaucht in das schwärmerische Glück: zu lieben. Das machte jedes Gespräch mit ihr leicht, einerlei um was es ging, wenn sie nicht selber stockte und zu ihm hinübersah, weil sie sein Verlangen spürte. Er für sie gemacht, sie für ihn.

Arthur wandte sich Nina zu, um leise mit Blick auf Judith zu fragen: »Stört es dich?«

»Aber nein, wahrscheinlich ist jeder am Tisch schon verliebt in sie.«

»Vor allem Arno«, sagte er.

»Du weißt, ich bin nicht eifersüchtig«, sagte Nina und tatsächlich hatte sie in den letzten Jahren, wenn Arno sich wieder einmal verliebt hatte, kaum noch Eifersucht gespürt. Es war auch verständlich, dass Judith sich in Arno verliebte und vor allem, dass er ihr schwerlich widerstehen konnte. Warum sollte sie also nun die Erkenntnis kränken, dass Arno und Judith sich schon länger und vielleicht inniger kannten? Und doch überfiel sie plötzlich das Gefühl der Demütigung. Vielleicht wäre es einfacher gewesen, wenn Arno mit ihr über seine Treffen mit Judith gesprochen hätte. Aber das widersprach im Grunde ihren eigenen Vorstellungen. Sie selber wollte keine symbiotische Verbindung, weil sie nicht mehr daran glaubte, dass dies möglich sei – wenigstens nicht zwischen ihr und Arno. Flüchtig konnte also nur dieser Rückfall in die Empfindungen der Eifersucht sein und sie brauchte nur zu warten, bis diese vorbeigingen.

Immer drei Kellner wechselten die Teller. Überhaupt war der ganze Tisch so vollkommen bedeckt mit Tellern und Gläsern und Silberzeug, dass es erstaunlich war, und dies wie hier auf allen Tischen. Die erste Vorspeise wurde serviert. Zwei Kellner, nah am Tisch stehend, flüsterten: *Cannelloni von Flusskrebsen und Estragon mit kleinem Bulgursalat und marinierter Avokado*.

Das war auch nachzulesen auf der Speisekarte, die bei jedem Platz lag. Judith nahm sie öfters zur Hand und las sie scheinbar sorgfältig. Sie schien etwas zu erwarten, vielleicht nicht nur von Arno, sondern von allen, die am Tisch saßen. Doch noch ging keiner darauf ein. Vorerst waren die Gespräche vereinzelt mit denen, die nebeneinander saßen. Erst bei einem Thema, das jeden betraf, würden sich alle mehr zur Mitte beugen, um miteinander zu sprechen und dann lebhaft laut, um sich Gehör zu verschaffen. Denn das Allgemeine bekam Brisanz für jeden nur in Verbindung mit dem Unwiederholbaren der eigenen Geschichte. Jetzt gab es zwei Gruppen, die sich unterhielten. Auf der einen Seite Arthur, Nina und Judith, auf der anderen Harriet, Arno, Karla und Bernward.

Nina sprach mit Arthur über einen englischen Schriftsteller, für den er sich interessierte und über den sie gerade etwas schreiben wollte. »Es gibt eine Passage in Durrells ›Balthazar‹, in der er darüber spricht, dass wir die Liebe immer nur wiederholen, dass nichts eigen ist, sondern wir nur nachspielen, was andere vorgespielt haben.«

»Das denkst du dir aus«, protestierte Arthur lachend und auch sie lachte mit. »Ja natürlich. Aber er hätte es schreiben können. Es liegt ganz auf der Linie seiner Theorie, dieser kosmologischen Gleichzeitigkeit, wodurch wir wiederholt die Gespenster unserer Entwürfe werden, relativ immer anders zu betrachten ...«

Judith hörte zu, als ob es sie interessieren würde, während auf der anderen Seite des Tisches Harriet von der ständigen Zeitnot sprach, dem Gefühl etwas zu verpassen und Zeit einsparen zu müssen. »Seitdem wir die Berater im Haus hatten, halten wir unsere Konferenzen nur noch an Stehtischen ab, um keine Zeit zu vergeuden«, sagte sie. »Stellt euch das vor, damit man seine Gedanken kürzer fasst und schneller mitteilt, weil es unbequem ist, so lange zu stehen.«

Worauf Bernward vom Lebbaren und Denkbaren zu sprechen begann, einer Theorie von Safranski, den er bewunderte wie er früher Popper bewundert hatte. Es war eindeutig, dass man das Lebbare nicht dem Denkbaren unterwerfen, aber auch das Denkbare nicht einengen sollte auf das Lebbare. Dem sanften Kompromiss Safranskis, den Bernward so heftig verteidigte, mochte dann Arno nicht folgen, sprach aber auch nicht sonderlich konzentriert dagegen. Judith saß ihm schräg gegenüber und es war eine rauschhafte Sehnsucht in ihm, ihren Körper zu spüren, die Sensation des Unwiderstehlichen, das unfassbare Glück, vergleichbar nur mit der Gewalt des unfassbaren Unglücks, wie er sich eingestand. Die Öffnung aller Sinne, ihr zugewandt. Er wünschte sie zu berühren. Er vergaß sich, als er ihre Hand sah, ihre Finger, die jetzt mit dem Brot spielten. Er griff plötzlich mit seiner Hand halb über den Tisch, als könne er sie so herüberziehen. Das waren die Augenblicke, in denen er wusste, vollkommen anwesend zu sein wie sonst nie. Da sie seinen Blick erwiderte, wurde alles überflüssig, was um ihn herum war, und belanglos. Er hörte sich selber erstaunt zu, der aus anerzogener Gewohnheit weitersprach über das Zeichenhafte der Worte, aber nein, über das Denkbare und Lebbare. Eine wirklich brauchbare Theorie von Safranski. Hatte er das eben gesagt, eine interessante Theorie? War es das wirklich? Er wollte doch gerade nicht den Kompromiss, nicht handlich machen jeden Gedanken, um ihn einzupassen in ein System und damit wirkungslos steril.

Doch seine Antwort schien genügend gewesen zu sein, denn Bernward ließ nicht nach, ihn einzubeziehen in seine Überlegungen und ihn anzusprechen und Antwort zu erwarten. Und wieder wurden die Teller gewechselt und er dankte den Kellnern.

»Nun also«, sagte Arno, »darüber muss man nachdenken, welches die Möglichkeiten sind, wie das eine das andere behindern oder fördern könnte. Gewiss, da bin ich deiner Meinung, das Denkbare führt zur Erfindung, aber wenn man das Lebbare ihm unterwirft zur Versklavung.« Ach ja wirklich, waren sie alle wieder einer Meinung, sie, die doch so verschieden waren. Jedes Bein, jeder Arm, jede Nase, jeder Mund … alles doch verschieden voneinander. Judith erwiderte seinen Blick, machte nun auch eine scheinbar zufällige Bewegung mit ihrer Hand in seine Richtung und zog sie wieder zurück. Die Begierde des Körpers, die seiner antwortete, sie empfand dies mit Vergnügen.

»Das Begehren drängt zum Verbrauch, die Theorie lässt frei«, sagte Bernward zufrieden. »Das gilt im Kleinen wie im Großen.« Und Karla stimmte ihm in Gedanken verloren zu.

Sie hatte sich gefreut auf den Abend, auch wenn sie kurz bevor sie hergefahren waren, plötzlich lieber gar nicht hatte mitgehen wollen. Doch jetzt nahm sie Anteil an allem, trank viel und war erhitzt. Ihr Ausschnitt verrutschte. Sie war etwas füllig geworden. Sie achtete nicht darauf, betrachtete nicht nur neidlos bewundernd Judith, die ihr gegenüber saß, sondern auch, wie Arthur jetzt mit Nina sprach, sich vertraulich zu ihr neigte.

Das Licht im Raum war nun ein wenig gedämpft, so dass die Kerzen auf den Tischen mehr Glanz verbreiten konnten. Der Wirt hatte seine Runde von Tisch zu Tisch begonnen.

Die Menschen an den Nachbartischen wurden zu Mitreisenden in dieser Nacht. Wie auf einem Schiff und draußen am Ende der Terrasse war die Reling und vielleicht würde sich einer der Passagiere gegen Morgen hinunterstürzen ins Meer. Zu hoffen wäre dann nur, dass er nicht gelernt hat zu schwimmen, weil dies Schiff nie zurückkehren könnte, um ihn zu retten.

Es war überhaupt nicht auszumachen, wer die Mitpassagiere waren. Die Kleidung zeigte schon lange nicht mehr, welchen Stand oder Beruf oder welches Vermögen einer hatte. Man konnte nur noch auf die

Köpfe achten, auf den Ausdruck der Gesichter und auf die Manieren und natürlich auch auf die Sprache, wenn man denn überhaupt ein Gespräch beginnen konnte. Zum Beispiel wenn das Schiff stranden würde, in Seenot geriete und die Gäste sich um die Plätze in den Rettungsbooten schlagen müssten. Dann würde jeder durch seine Sprache und am klarsten durch seine Handlung sich offenbaren. Aber so lange nichts Dramatisches geschah, blieben alle voneinander getrennt.

Es war einundzwanzig Uhr dreißig als Arthur und Arno über ein Konzert von Lang Lang sprachen, das sie gemeinsam in Amsterdam gehört hatten, und Arno ihn mit Dino Lipatti verglich, dessen Konzertaufnahmen er sich jetzt gerade wieder angehört hatte, fasziniert von der Leichtigkeit und Genauigkeit, dieser Vollkommenheit des Klavierspiels, das keinen abschweifenden Gedanken mehr zuließe. Nur in Verehrung könne er den Tönen folgen, die er höre, diesem Triumph der Kunst, die alles auslösche, was schwer hafte, und einen Glanz verbreite, so überirdisch irdisch, wie es nur dem Licht möglich wäre.

»Und derLiebe«, sagte Judith, die ihn in allem zu verstehen schien, auch wenn sie den Namen Lipatti noch nicht gehört hatte.

»Liebe ist ein Sammelbegriff für vieles«, sagte Arthur und Arno reagierte verärgert, als unterbräche jemand die Musik, die er gerade hörte. »Wir können theoretisch über die Liebe sprechen, aber das Begehren ist ein Naturereignis, keine Schulstunde.«

Auch Arthur antwortete sogleich: »Theorie ist der Tod des Begehrens, heißt es so ähnlich nicht in der Ästhetik?«

»Oder die Theorie ist das Begehren des Todes.«

Nun neigte Arthur sich zu Judith: »Nicht bei einer so bezaubernden Anwesenheit.«

Jetzt mischten sich auch die anderen am Tisch ein. »Sagte ich doch, Theorie gibt Freiheit, bindet uns nicht. Es bleibt immer ein hübscher Abstand«, und damit wandte Bernward sich lächelnd zu Arno, »den du einhalten solltest.«

»Wer sagt etwas dagegen? Der Abstand ermöglicht die Annäherung. Aber nur die Liebe gibt dem Leben die Notwendigkeit«, Arno dachte an den Rausch der wechselseitigen Liebe. Doch was wusste Bernward davon, bei ihm musste immer alles stimmen. Keine Amour passion, der plötzliche Einbruch in die Welt des anderen, sondern stetig nur ein Bemühen um Liebe, um die Schlacken der vielen Worte und Begegnungen, der Fehleinschätzungen und Missverständnisse zu beseitigen und den ruhigen Fluss der Gefühle zu erhalten.

»Man kann sie auch herbeireden, die Leidenschaft, die einmalige, die endlich gefundene Liebe.« Arthur sprach lebhaft und begleitete seine Worte mit weitausholenden, weichen Bewegungen einer Hand.

»Aber nein, was ist Liebe wirklich für dich?«, fragte Karla so laut, dass alle es hören konnten. Und er sah sie an und sagte dann ganz einfach und ruhig: »Liebe ist, dass der andere mich erträgt.«

Sie lächelte ihm zu, als sei es gar nicht nötig, dass er das jetzt zu ihr sagte, was sie doch seit langem schon so brennend erwartet hatte. Und insgeheim, während die anderen weitersprachen und gar nicht mehr auf sie achteten, schalt sie sich, dass sie sentimental wie eine ihrer alten Verwandten sei, die sie in ihrer Kindheit geliebt hatte. Bei ihr hatte sie zuerst auf einem Filmplakat ein Liebespaar gesehen, Clark Gable und Vivien Leigh. Die Erfüllung aller Liebesvorstellungen, fest gebannt der Augenblick, der für ein Leben herhalten musste, der Augenblick, in dem das Ganze beschlossen lag. Die Liebe, die zu einem Filmbild wurde. Immer wieder hatte sie betrachtet, wie sich viermal untereinander dieselbe Filmeinstellung wiederholte. Viermal sein Gesicht und ihr Gesicht einander zugewandt, die Lippen nah schon beieinander. Gleich würden sie sich küssen, gleich nach diesem Moment der viermaligen Verzögerung. Immer die gleiche Sekunde, unsterblich schön, ein Versprechen auf Erlösung durch den anderen, dachte Karla, aber wem konnte sie das hier sagen. Liebe – nie genug und nie auszuschöpfen das Verlangen. Und immer der Wunsch als Person geliebt, angesehen, geachtet zu werden, auch wenn man nicht spricht, nicht handelt, sich nicht beweist, kein Aufsehen erregt, ja in keinster Weise sich auszeichnet. Karla spürte plötzlich Angst, obwohl Arthur ihr doch gerade bestätigt hatte, wie wichtig es für ihn war, dass sie ihn ertrug. Trotzdem plötzlich wieder diese ihr seit Kindertagen bekannte Angst, verlassen zu werden. Diese Angst, wenn es schön ist, wirst du weggehen, nichts wird bleiben, nur immer wieder das Nichts. Der Himmel sehr fern und dahinter andere Himmel und Sterne und Sonnen und er, den ich liebe, schützt mich nicht, hüllt mich nicht ein, sondern geht fort und ich halte mich fest hier auf der Erde.

»Du solltest nicht so viel trinken«, sagte Arno jetzt zu ihr. Er mochte Karla und es beunruhigte ihn, dass sie jetzt zu schnell und unbedacht ihren Wein trank. Bernward fragte Harriet, ob er oder sie später mit dem Auto zurückfahren werde, worauf Harriet die

Hand über ihr Glas legte, als Arthur ihr wieder einschenken wollte.

»Mit Frauen sollte man nicht über dies Thema reden«, griff Bernward das Gespräch über die Liebe wieder auf, »sie stehen einfach anders auf der Erde. Sie verstehen unsere Schwierigkeiten nicht. Wir müssen immer irgendetwas machen, unternehmen, sie sind geerdet, einfach da.«

Das war nun wirklich sehr altmodisch, wie von vorgestern, schließlich arbeitete Harriet so hart wie er. Und da antwortete sie auch schon leicht gereizt: »Das war natürlich immer so: ihr seid euren eigenen Blitzen schutzlos ausgesetzt, wir sind geerdet. Wir sind ruhend, ihr laufend, wir das Sein, ihr das Machen, wir der Punkt und ihr die Linie …« Und nun begann sie doch zu lachen: »Ihr arbeitet an der Gestaltung der Welt und wir an der Gestaltung der Männer … Das ist eure Obsession und unsere ist, es müsse die Verschmelzung geben, das Einssein von zwei.«

Karla mischte sich nicht ein, aber sie fand diese Verschmelzungssehnsucht, diesen Wunsch, zwei Liebende könnten eins sein, die Halbierung aufgehoben, wirklich nur verständlich für Frauen. Was für Männer das Außergewöhnliche war, war für Frauen normal. Auch wenn sie nie ein Kind bekamen, ihr Körper war gemacht für diese Erfahrung, so eins zu sein, so verbunden mit einem anderen. Darum erscheint ihnen auch in der Liebe dies sich Einverleiben natürlich, aber schmerzhaft, gar tödlich für sie, weil unerfüllbar, zumal es so zeitandauernd gewünscht wird, die permanente Leidenschaft … Karla seufzte auf, und dann die Verzweiflung wie ausgebrannte Erde, die noch heiß war, und schrecklich der Gedanke, dass sie erkalten würde.

Bernward war nicht darauf eingegangen, was Harriet gesagt hatte. Die Diskussion war für ihn beendet, er fand sie jetzt unnötig, obwohl er sie selbst begonnen hatte. Er war sich sicher, Frauen würden nie einsehen können, wie sie sind, und Männer verstanden es sowieso nicht.

»Was sagst du über die Liebe?«, fragte Arthur Judith, die schweigsam alles mitangehört hatte. Judith schüttelte ruhig den Kopf und sah Arno an. Seinetwegen war sie mitgekommen, seinetwegen saß sie hier am Tisch, unterhielt sich und wartete, dass etwas geschehen würde.

»Du fragst mich, Kind, was Liebe ist? Ein Stern in einem Haufen Mist«, Nina zitierte Heine.

Judith war auf ihre sanfte Weise radikal. Sie wollte Arno, nichts anderes und dies für alle Zeit. Wobei Zeit etwas Unbestimmtes für sie war, hatte sie doch selber noch nicht so viel Zeit erlebt, dass diese für sie einen besonderen Wert haben konnte. Sie lachte und musste es wohl auf die Spitze treiben. Arno und sie und sie und Arno, da war kein Raum dazwischen. Ja, natürlich, da war seine Frau, aber auch sie würde dies einsehen müssen. Arno und ihre Liebe, dies war nicht zu ändern, war Bestimmung oder was auch immer, auf jeden Fall das Wunder, auf das jeder wartete, es war der Regenschauer, die Hitzewelle, das Aufsteigen des Meeres. Wer wollte sich dem entgegen stellen. Arno musste einfach nur aufstehen, möglichst noch vor Mitternacht, damit das neue Jahr anders begann, ihr gemeinsames Jahr. Einfach aufstehen und sie hinausführen, nein, mit ihr hinausgehen, sie beide nebeneinander. Nun, das waren so Wünsche, aber irgendetwas musste geschehen.

»Ich liebe oder ich liebe nicht«, sagte Judith und dabei wirkte sie so unbefangen, erhob so selbstverständlich einen Anspruch, von dem noch niemand wusste, was er umfassen würde, und dies in aller Unschuld, überzeugt vom Gelingen dessen, was sie sich vorstellte.

Es war keine Anmaßung sondern Leidenschaft, welche ein Feuer spüren ließ, das nichts mit überlegtem Planen zu tun hatte – oder wenn doch, dieses überstrahlte und unwichtig machte.

Nina begriff plötzlich. Die andere war so ungestüm jung, dass sie einfache Lösungen für selbstverständlich hielt, und das faszinierte und beunruhigte sie. Die Liebe war eine Reise ins Endlose des anderen und zugleich ins eigene. »Ich kenne das«, sagte sie zu Judith, »es ist, als ob man vom Leben selber bewegt wird und die Welt sich öffnet, alle zuvor verschlossene Pracht zeigt und das, was hinter allem ist. Selbst wenn du nicht mit dem sprichst, den du liebst, du verstehst mit der Haut, mit den Haaren, den Fingern, selbst mit geschlossenen Augen erkennst du ihn. Alles dient der Liebe, dem Sehen, Neu-Sehen, dem Neu-Fühlen, Genießen …«

Und Judith lächelte sie an.

Jetzt sollte ich sie warnen, dachte Nina, ihr von Arno sprechen, ihr sagen: Pass auf dich auf, du kennst ihn nicht. Wenn Bernward der Turm ist – ich nehme an, du kennst das Schachspiel – dann ist Arno das Pferd, der Springer, unberechenbar, wenn man seine Sprünge nicht kennt, aber manchmal auch befreiend. Er gibt dem anderen nicht die Breitseite, immer nur die Schmalseite, so kann er sich leicht entfernen. Was ihn einzig interessiert ist das, was er gerade denkt, macht, liebt. Schnell in Abwehrhaltung und dann wieder wechselnd, gedankenverloren oder anwesend für den anderen, intensiv ihm zugewandt. Aber verlass dich nicht darauf, weil er launisch ist, sich immer selber positionieren will. Sollte sie Judith sagen, dass es nur eine Weile so aussehen würde, als wäre ein Zustand der Vollkommenheit zu zweit erreicht, wie man es einst allein selber für sich hatte, als man noch sehr jung war? Wenn sie länger zusammenblieben, würde Judith es merken, dass er fremder wurde mit der Zeit, dass er ein Jäger war ... Nina lachte in Gedanken, nein, das würde sie nicht sagen. Immer wenn sie ihn verlassen wollte, war es, als sei sein Jagdinstinkt erwacht und er hatte alles daran gesetzt, sie zurückzugewinnen. Dann war er ständig um sie bemüht und nichts ihm zu teuer, nichts zu aufwändig für sie. Sollte sie Judith sagen, dass sie es nicht aushalten werde, denn er ist treulos und doch beständig, fähig, sie immer wieder zu umgarnen, dann wieder abwesend in seine Arbeit versunken, auf der Spur von etwas neu zu Erschaffendem, Dauerhafterem als er es ist, und so ungeduldig mit sich selber. Keine Norm, an die er sich hält, keine Verabredung. Er umarmt dich zärtlich und kann dich von einem Augenblick zum anderen vergessen. Vier Stunden stehst du irgendwo in einer fremden Stadt, wo er dich angeblich für eine halbe Stunde abgesetzt hat. Doch dann trifft er irgendwelche Leute, mit denen er reden muss, und er findet es selbstverständlich, wenn es ihm überhaupt einfällt, dass du wartest. Hinterher ist er überschwänglich liebevoll zu dir, und du findest es dann eben auch gar nicht schlimm, weil du ja nicht kleinlich bist. Und was sind schon vier Stunden und dass das Café, in dem du ihn erwarten solltest, nach zwei Stunden schloss und du auf der Straße auf und ab gingest, weil du auch nicht wusstest, wo er hingefahren war ... Doch manchmal wird dir dann auch das nachträglich gegebene Liebevolle zu viel. Es kann wie die Parodie einer Liebeserklärung wirken, womit er sich selber wieder zurückzieht und befreit, eine theatralische Geste, welche den Zwischenraum überspielen soll vom Akteur zu dir, dem wieder mal anonym gewordenen Zuschauer. Alles ein Spiel und du musst den Spieler lieben, sonst ist es nicht auszuhalten.

Ja, natürlich, diese Glut der Liebe, sie ist der Beginn. Es kann enden in Freundschaft, die manchmal verführerisch wieder aufflackert, vielleicht auch in ein Vertrautsein, eine andere Art von Liebe. Aber das wird es nicht sein, was du dir wünschst. Es ist ein altes Lied. Nichts ist gewiss. Es wird sein wie mit anderen Liebesverhältnissen. Sie können sich verändern, verenden in Gewohnheit, die alle Glut erstickt, so dass selbst die Asche keinen Funken mehr aufweist, oder in einem radikalen Bruch. Plötzlich kann es vorbei sein. Eben noch hast du ihn angesehen voll Entzücken alles liebend, was er tat und sagte, und plötzlich sammelt sich das Störende, was du lange missachtet hattest, und verändert deine Wahrnehmung. Du siehst ihn jetzt anders, hörst anderes aus seinen Worten heraus. Liebtest du zuvor seinen Mund, so missfällt dir jetzt, dass er beim Lachen sein Zahnfleisch entblößt und all diese Kleinigkeiten. Es kann so abrupt vorbei sein, wie es begann. Das Fenster zum anderen hat sich geschlossen. Tiefstes Schwarz zeigt sich dort, wo zuvor das wunderbarste Licht war. Eine Insel versinkt und gab es darauf Musik und zärtliches Flüstern, so klingt es nur noch manchmal nach wie die Glocken von Atlantis, das tief im Meer versank.

Nein, was immer Nina sagen könnte, Judith würde es nicht glauben. Keiner würde es glauben, der zum ersten Mal erlebt, zu welchen Gefühlen er fähig ist, und wie in der Gegenwart des anderen er selber sich wandelt, verschwenderisch fühlt und wie jenseits der Zeit. Judith liebt, das hebt alles auf. *Es ist wie es ist, sagt die Liebe* ... Wenn Judith Erich Frieds Gedicht nicht kannte, vielleicht würde Arno es ihr eines Tages vorlesen. Früher hatten Nina und er sich oft Gedichte vorgelesen. Aber erst später hatte Nina das gefunden, was sie noch immer auswendig konnte und das sie manchmal vor sich hin sprach, weil es am stärksten das ausdrückte, was sie mit Liebe verband: *Lösch mir die Augen aus, ich kann dich sehn* ... so begann es schonungslos zärtlich, nichts aufsparend, hingebungsvoll beharrlich ... *und ohne Fuß noch kann ich zu dir gehen ... und ohne Mund noch kann ich dich beschwören ... und wirfst du in mein Hirn den Brand, so werd ich dich in meinem Blute tragen* ... Eine glorreiche Entblößung, die durch nichts sich aufhalten ließ in ihrem Begehren nach Vereinigung. Rilke fügte dieses Gedicht später in seine religiösen ein, als könne der Widerpart solcher Liebe allein Gott sein, der immer wieder das sterbliche Verlangen danach weckt.

Sie dachte daran, wie sie selbst in Judiths Alter gewesen war, mit diesem Verlangen, von dem man annahm, dass sich alles ihm unterwerfen musste. Sie erinnerte sich an ein Foto von sich aus dieser Zeit. Es war ein kleines quadratisches Foto mit gezacktem weißen Rand. Das Mädchen, das sie gewesen war, lag auf einer Waldlichtung nackend im hohen Gras, sich darbietend ohne jede Anzüglichkeit, den Arm über die Augen gelegt, geblendet von der Sonne. Arno hatte es aufgenommen, und es war die Lust, die sie damals miteinander verbunden hatte, die Lust des Fotografen, die nun ihre entfachte in Erinnerung an dieses Foto, 6 x 6. Ein Format, das jetzt nicht mehr gehandelt wurde, suggestiv schwarz-weiß, so entkleidet der Zufälligkeit aller Farben. Eine Art Röntgenaufnahme eines Zustandes, deutlicher so das sinnlich poetische Moment, da das realistische stärker zurücktrat. Es war die Zeit, als alles so vollkommen übereinstimmend für sie beide gewesen war, wie keine Vorstellung es überhöhen konnte. Unzweifelhaft die Liebe, ungebrochen das Vertrauen in ihn, der sie fotografierte. Nie wieder würde es später so sein, nie wieder diese traumwandlerische Gewissheit, die Liebe könnte genau auf die Art erwidert werden, welche einem selber einzig als die richtige und notwendige erschien, Körper an Körper angepasst.

Nina sah Arno an. Wenn man Glück hat, verliebt man sich neu in ihn, er als ein anderer.

Arno fing ihren Blick auf und fragte: »Was ist?«

»Immer wieder neu maßnehmen, um den anderen zu erkennen.«

»Ich kenne dich gut«, sagte er.

»Fast ins Schwarze getroffen, aber doch daneben.« Komisch, dass er nicht auf die Idee kam, dass sie versuchte, ihn neu zu sehen, unbelastet von allem Gewesenen, wenigstens einen Augenblick lang.

»Du bist immer so kompliziert, sagte er.«

»Ich misstraue dem zu Einfachen.«

Bernward mischte sich ein: »Wovon sprecht ihr?«

»Man muss die Wandlungen mitlieben«, sagte sie.

»Ich finde es ganz beruhigend, wenn nichts geschieht«, sagte Bernward.

Nina betrachtete Judith, die so überzeugt von ihren Gefühlen war, von Liebe, die sie mit einem anderen untrüglich verband, unangreifbar sie in ihrer Jugend. Und sei es ein Wahn, dachte Nina, es ist bezaubernd, und was immer man auch dagegen sagen könnte, sie hat jedes Recht. Nein, sie würde die Junge nicht warnen. Dies war ein heiterer Abend und er sollte es bleiben. Sie wollte nicht mit Karla und Harriet um Judith herumsitzen wie die Nornen, die schon das spätere Schicksal beschwören, wie die drei Hexen bei Macbeth, die alles zum Üblen wenden. Empfindliches Gleichgewicht – das war jede längere Beziehung. Wie sollte sie Judith beschreiben, was sich episch entwickelte, sich vollzog über eine lange Zeit.

Sie war so jung, konnte nicht wissen, was diese Ehen und Freundschaften bedeuteten, die schon so lange Bestand hatten. Wenn die Freunde miteinander am Tisch saßen, dann saßen all die Zeiten mit am Tisch, in denen sie schon früher beisammen gewesen waren, Jahr um Jahr und Jahrzehnte. All die gewichtige Zeit, in der sie sich veränderten, lange unmerklich älter wurden und plötzlich überdeutlich, kritisch und lachend es wahrnahmen, um es dann zeitweise wieder zu vergessen. Ihr Gewinn war, dass sie einander Sätze sagen konnten, die wie Trophäen waren, die sie irgendwann gefunden und lange im Gedächtnis behalten hatten, wie Kostbarkeiten, um sie ab und zu wieder zu verwenden. Eine immaterielle Wunderkammer aus vielen Zeiten gespeist, von denen nur die

Freunde noch Kenntnis hatten. Ein Satz genügte oft nur, um die Vertrauten auf eine Kette von Gedanken hinweisen zu können, auf Überlegungen, Phantastereien, Befürchtungen und Vergnügungen aus früheren Zeiten. Sätze wie altes Holz, einfache Sätze, Fundstücke, meistens nur Titel, hingeworfene Sätze, für Fremde aus jedem Zusammenhang gerissen. Man sah im Gesicht des anderen, ob er es verstanden hatte, was in diesem Augenblick die Erwähnung bedeutete, worauf der eine von ihnen anspielte oder was er neu damit in Szene setzte. Ein Sesam-öffne-Dich, ein Geheimcode, eine Schlüsselzahl, wenn auch manchmal für Koffer, die jetzt nichts mehr als vergilbten Tand und Spielmaterial beinhalteten.

Judith beobachtete gelassen die Freunde. Sie hatten schon eine Form für ihr Leben gefunden, abgesichert, nicht unsympathisch, aber fern ihrem. Das heißt wunderbar gleichgültig konnte ihr hier alles sein, nichts störte sie. Sie beobachtete, dass Arthur gerne aß und Karla viel trank und erkannte, wie Arno zu den Freunden gehörte und doch wiederum ganz fremd neben ihnen wirkte. Es gab den Kitt intimer Kenntnisse voneinander und alles, was einer sagte und tat, würde am Ende von den anderen schon im Vorfeld als bekannt hingenommen werden, so viel verstand sie. Dabei bemerkte sie, dass dies keineswegs ein fester Kreis war, wie sie zuerst gemeint hatte, beständig wie die Streben eines Gebäudes, so fest einer mit dem anderen verbunden. Sondern deutlich wurde, dass jeder für sich war und das, was ihr eine Gemeinschaft erschienen war, aus sehr unterschiedlichen Menschen bestand, die sich so, aber auch anders zusammenfügen konnten. Wie auch immer, sie hatten Gewohnheiten, die nicht die ihren waren, Verabredungen, Interessen. Verpflichtungen – wie imaginäre Götter, die über uns ihre Schatten werfen, wie Arno ihr eines Tages gesagt hatte, irgendjemanden zitierend oder einen Gedanken variierend, den sie nicht kannte.

Doch sie brauchte nicht zu wissen, woher das alles kam, was ihnen wichtig war. Keine Verbindung zur Vergangenheit, ihre Zukunft hatte dafür keinen Platz. Wahrscheinlich wurde sie hier schon als junge Geliebte von Arno angesehen und von Karla vielleicht verglichen mit ihren beiden Töchtern. Für Arthur war sie irritierend attraktiv und für Bernward und Harriet gehörte sie zur Familie, alltäglich bekannt, soweit das möglich war. Judith war beiden herzlich zugetan bei gleichbleibender Fremdheit. Nur Arno, der gehörte zu ihr und solange er dies hier mitspielte, war es auch für sie gut. Morgen schon würden sie sich wieder treffen, nebeneinander hergehen und im Gehen würde seine Hand unter ihre fassen und die Finger würden sich miteinander verschränken. »Die Liebe will alles«, sagte sie ruhig, fast nur für sich selber. »Das ist nicht lebbar«, antwortete Nina, die ihr zugehört hatte. »Viel zu statisch. Da gibt es das Problem der Zeit und die Chancen der Entwicklung.«

»Vergesst nicht die Bedeutung der Kleinigkeiten«, sagte Harriet. »Man darf sie nicht unterschätzen. Bevor ich Bernward kennen lernte, hatte ich eine große Liebe. Ich war wirklich sehr verliebt und der Mann war phantastisch, und irgendwann konnten wir dann endlich zusammen fortfahren und in ein Hotel gehen, das erste Mal wir beide zusammen. Und wisst ihr, was passierte? Er packte seine Tasche aus, die er von zu Hause mitgebracht hatte, und stellte sorgfältig seine Pantoffeln unters Bett. Ich verließ ihn sofort – und er hat es nie verstanden.« Da die Freunde lachten, fuhr sie fort: »Wirklich, manchmal sind Kleinigkeiten entscheidend, auch in der Ehe. Keine noch so schöne Übereinstimmung über Bushs Amerika und die Terroristenbekämpfung oder über die Notwendigkeit der Wiederbelebung der Aufklärung kann wettmachen den Ärger, wenn der andere ständig beim Frühstück seinen Tee schlürft ...«, und sie war zufrieden, als sie dies sagte, weil Bernward und sie in ihrer Ehe schon dieses Stadium der störenden Kleinigkeiten überwunden hatten, mit Lachen und einer manchmal etwas genervten Großzügigkeit, wobei sie beide sich daran gewöhnten, den anderen nicht ständig mit der eigenen Aufmerksamkeit zu begleiten.

»Es gibt ein brauchbares Rezept für die Ehe«, sagte Arthur. »Harold Nicholsen, der englische Journalist, hat es schon 1929 empfohlen: Gute Laune, Beschäftigung und Liebe, die von Intelligenz gelenkt wird.«

»Vielleicht widerspricht sich Liebe und Intelligenz. Hat Liebe überhaupt etwas mit dem Verstand zu tun?«, fragte Bernward provokativ.

»Wichtig ist die Bettenfrage«, sagte Arthur. »Darüber hat schon Balzac geschrieben. Es macht einen großen Unterschied, kann sogar entscheidend sein, ob man ein gemeinsames Schlafzimmer hat und wenn, dann ist die Frage: ein Doppelbett oder zwei getrennte Betten. Bist du deines Partners nicht ganz sicher, ist das Doppelbett, das nur eine große Matratze hat, das richtige. So entgeht dir kaum eine Stimmung des Partners. Das schlechteste sind zwei Betten in einem Raum und das Optimale für ein Paar, das gut miteinander lebt, sind natürlich zwei Zimmer. Alles dient der Liebe oder schadet ihr, sie ist manipulierbar, obwohl man dies nie einsehen will.«

»Vielleicht ist Liebe die Hoffnung auf das Fremde«, sagte Nina.

»Ihr kennt doch den schaurigen Titel: Mörder – Hoffnung der Frauen«, rief Arno und sie lachten alle, nur Judith nicht.

»Liebe als Hoffnung auf Erlösung«, sagte Nina zu Judith gewandt. Aber die Junge schwieg, all diese Worte entglitten ihr zu sehr ins Spielerische.

»Liebe ist das Geheimnis der Merkwürdigkeit jedes einzelnen Menschen«, sagte Bernward und Nina dachte: Sie ist das Feuer, das brennt und gelöscht wird und weiter zündelt, stetig antreibend das Paradoxe, die Spannung zwischen Plus und Minus, zwischen Null und Eins, Ein- und Ausatmen, ich und du.

Währenddessen sagte Harriet plötzlich ungewohnt hart: »Die Liebe wird alles möglich machen und vielleicht nichts halten. Wir leisten uns oft zu viele Illusionen.«

Das überraschte Nina, es war gerade so, als wollte Harriet jetzt der Liebe einen eher fragwürdigen Beigeschmack geben. Ihre Sätze wirkten wie Barrieren, in denen Judiths Hoffnungen sich verfangen und erschöpfen sollten. Doch Harriet wollte nicht der Liebe die Aura nehmen, die so verletzbar war, wenn man sie in Gebrauch nahm und nicht die Stimmung zerstören, die hier am Tisch so eindeutig für Judith war. Sondern sie wollte nur Anteil haben, ihre eigene Position behaupten und eine Art Bedrohung abwehren, die Ausweitung eines Anspruchs der Liebe, dieser Verlockung ins Ungewisse, der Aufhebung aller schützenden Grenzen. Sie wollte sich nicht mit Judith vergleichen. Aber sie spürte ihren Körper, er war fast so schlank wie Judiths. Sie hatte noch nicht Abschied von der Jugend genommen. Die Definition, was Liebe sei, konnte keine eindeutige sein.

»Es ist eine Hypothese, nichts weiter«, Arno sprach in einem Ton, als spiele er den Ernsthaften. »Eine Hypothese, die besagt dass zu jeder Person viele andere Zeiten, Möglichkeiten, Zufälle und Begegnungen gehören, auch Abstürze und Auferstehungen. Natürlich viel zu viele, um sich festlegen zu können.«

»Das ist die Paternoster-Theorie«, sagte Arthur. »Es lohnt sich nicht Beziehungen anzuknüpfen. Wir fahren im Paternoster an allen Stockwerken im Leben vorbei und haben nie Zeit genug zu erkennen, was uns in jeder Etage begegnen könnte, würden wir aussteigen und uns umsehen.«

»Und doch ist die Liebe das Einzige, was Sinn macht«, sagte Karla und Arthur nickte ihr freundschaftlich zu. Er verehrte seine Frau, wie er bei jeder Gelegenheit bestätigte. Sie ist so ein wertvoller Mensch, sagte er oft, und eines Tages, als Karla das Bild *Die himmlische und die irdische Liebe* in einer seiner Kunstzeitschriften gefunden hatte und sie es gemeinsam betrachteten – die beiden schönen Frauen, die nun schon einige Jahrhunderte in dem Bild überdauerten – hatte er ihr gesagt, sie sei die himmlische. Er ahnte nicht, dass sie viel dafür gegeben hätte, auch mal die irdische zu sein.

Sie waren noch bei der zweiten Vorspeise: *Atlantikhummer auf einer »golden Gazpacho« mit toscanischen Ravioli*, als der Wirt an ihren Tisch kam, ein diskreter Typ, ruhig und leise auftretend. Er fragte, ob der Wein in Ordnung sei und war zufrieden, dass

Bernward gleich kenntnisreich über das Essen sprach und vermutete eins der Gerichte verdanke man einem Rezept des niederländischen Starkochs Jonnie Boer, der sich so geschickt zwischen den polarisierenden Avantgardisten Pierre Gagnaire und Ferran Adria bewege. Der Wirt ging ausführlich darauf ein, doch war unübersehbar eine Zerstreutheit in allem, was er sagte. Er wiederholte mehrmals, so als erinnere er sich nicht, dass er es schon gesagt hatte, er wünsche, die Gäste würden einen schönen Abend erleben. Es solle so sein wie in all den vergangenen Jahren. Das einzig Unübliche, sicher das einzige sei, es würde diesmal beim Jahreswechsel kein Feuerwerk von der Terrasse aus geben. Er hoffe, dies würden alle Gäste verstehen. Es wäre eine Entscheidung, die von der Regierung angeregt worden sei. Angesichts des Unglücks, der Katastrophe, die sich zwar fern ereignet habe, doch allen hier nah wäre, sichtbar vor Augen im gleichen Moment, da sie sich ereignete. Er sprach vom Lebensplan jedes einzelnen Menschen, der mit dem planlosen Unheil nichts zu tun haben müsse. Damit ging er zum Nebentisch, blieb auch dort stehen und ging weiter. Alle sahen ihm nach, obwohl er ganz normal ging oder doch nicht ganz so wie gewöhnlich. Es war, als wäre Unheil auf ruhige, trostlose Art durch den Raum gezogen. Eine Ahnung von etwas Unabwendbarem. Das Entsetzen fühlbar im Raum, das doch meistens verborgen in jedem Menschen bleibt. Dies einsame Entsetzen, auch in dieser Nacht für manchen präsent, doch unauffällig und soweit es ging unter Kontrolle, das nun überraschend alle miteinander verband durch den Gang dieses älteren Mannes. Sie sahen ihm nach wie er fortging, Hände schüttelte, hier und da einen Gast umarmte, der aufstand, wenn er kam. Dann verschwand er im Büro, das hinter der Anrichte an der schmalen Seite des langen Raumes lag, neben der Tür, wo es zur Küche ging.

Bernward hatte schon zu Beginn des Abends mit dem Wirt gesprochen, der sich beunruhigte, weil sein Sohn in Sri Lanka Urlaub machte und noch keine Nachricht von ihm gekommen war. Dabei hatte er versprochen am 29.12. zurück zu sein, denn er wusste, wie sehr er hier in diesen Tagen gebraucht wurde. Und er war zuverlässig, wenn er etwas versprach, so hielt er es selbst unter den ungünstigsten Umständen, hatte der Wirt gesagt.

»Und wenn er nun nicht kommt?«, fragte Karla.

»Es gibt immer noch Nachrichten von Leuten, die vermisst waren«, sagte Bernward und so wollten sie sich beruhigen und doch war der Einbruch hier in die festliche Idylle schon geschehen. Nicht mehr wegzudenken war in dieser Nacht, was so fern geschehen war und mit dem sie verbunden waren und sei es nur durch die Erwähnung des 29.12.

Nina hatte in der Redaktion auch während der Arbeit immer wieder der Zerstörung zugesehen. Der Fernseher lief unentwegt. Manchmal fiel es ihr schwer hinzusehen. Aber wenn sie die Augen abwandte, fühlte sie sich wie ein Zeuge, der nicht eingreift. Dabei wusste sie, wie unnütz diese Bedenken waren. Wann konnte sie schon eingreifen. Die Bilder zu den Berichten überlagerten einander, löschten einander aus und dies und jenes kam erneut hervor in scheinbar willkürlicher Auswahl. Ständig wiederholt wurde die Erhebung des Meeres und wie es auf das Land schlug, als wollte es mit einer einzigen Bewegung die Schöpfungsgeschichte revidieren, die Trennung von Land und Wasser zurücknehmen. Ein gläsern-glänzendes, schäumendes Meer, das sich brüllend zu seiner vollen Höhe aufrichtete und ins Land hineinbrach. Nicht auszumachen war, wo das Ende seines schweren Körpers, wo das seiner versinkenden Schleppe. Fortgerissen alles, was in seinem Bereich war, ausgelöscht die Abgrenzungen, zerbrochen jede Form, zerstreut das, was so sicher Bestand zu haben schien. Als es endlich das Land wieder freigab, sah man hoch über den Trümmern der Hütten und Häuser, starr aufgerichtet wie eine kompakte grüne Welle, eng ineinander die Fächer alter Palmen. Und weiß verhüllte Menschenkörper wurden hin und her getragen und in langen Reihen nebeneinander auf die Erde gelegt.

Nah das Bild einer Frau. Neben einem Toten hatte sie sich auf den Boden geworfen. Sie musste auf Knien zu ihm gerutscht sein, den Körper nach vorne gebeugt, hielt sie sich nicht mit den Händen an der Erde, sondern hatte beide Arme zum Himmel erhoben mit weit geöffneten Händen. Die Handflächen nach oben gestreckt, als böte sie sich dem Himmel an. So blieb sie vornüber gesunken, den Kopf schon nah der Erde, das Gesicht halb zugewendet dem, der ihr jetzt zuschaute, sie fotografierte. Den Mund geöffnet zum Schrei, die Augen geschlossen. Den Körper in der Haltung eines Wildes, das noch nicht aufgegeben hat zu flüchten und doch schon zusammenbricht. Die farbigen Kleider, das enge Mieder, das weite Tuch um den Kopf geschlungen und seitwärts am Körper abfallend, alles wurde näher herangeholt von der Kamera. Nina hatte das Gesicht der Frau gesehen. Es kam ihr vertraut vor, als hätte sie die Frau gekannt, und dies nicht nur aus einer Empfindung der Gemeinsamkeit aller Lebenden angesichts des Todes, sondern es war, als hätten sie Schwestern sein können, ähnlich einander. Und doch waren sie weit voneinander getrennt, schon durch das Unheil, das der anderen widerfuhr. Oft hatte sie zum Fernseher hingeschaut und gehofft, dieses Bild der Frau noch einmal zu sehen. So als wäre darin eine Nachricht für sie enthalten, welche sie noch immer nicht entschlüsseln konnte, eine Nachricht für sie, die sie begreifen musste.

»Ich habe gehört, eine Frau, die mit ihrem Baby überlebt hat, will es Tsunami taufen«, sagte Karla und erschrak. Es war die Angst, die sie jetzt trennte von den anderen. Es kam ihr unheimlich vor, wie sie selber jetzt lebte. Warum war sie nicht bedroht, wieso wurde sie verschont? Die Zeit müsste stehen bleiben, damit sie selber endlich begreifen könnte, was unentwegt geschah und zeitgleich erinnert wurde, so eine eigene Dynamik entfaltete und Bewegungen auslöste, die nur aus einem zeitlosen Raum zu betrachten wären. Wie alles zusammenkam, der ferne Schrecken, die nahe Behaglichkeit und ihre gesteigerte Empfindsamkeit. Unbedeutend wurde das Eigene und doch stärker fühlbar. Die Einsamkeit nahm den Tod vorweg, darum war es wichtig zu lieben, Freunde zu haben, in Gesellschaft zu sein, Witze zu erzählen und auszubrechen in heftiges Lachen, um die Schatten zu verscheuchen, und endlich dann ruhiges Sprechen und Zärtlichkeit miteinander. Die Sucht nach dem anderen, die Notwendigkeit gerade jetzt, ihn bei sich zu haben. Wie ertrüge man dies alles allein? Und wollten sie nicht dies ferne Sterben vergessen? Sie alle hier im

Raum, befangen in Leichtigkeit, Gleichgültigkeit, Erdverlust, dem freundlichen Blödsinn und den endlosen Wiederholungen des Täglichen anheim gegeben. Was geschah mit den Körpern, den weiß eingehüllten, und was mit ihr und all den Freunden hier? Je einmaliger sie sich fühlten, umso absurder musste der Tod für sie sein. Sollte sie das jetzt laut sagen? Unersetzlich der Einzelne. Am 29.12. kommt er zurück. Wer von den vielen wird wiederkommen? Wir werden sie vergessen, wir werden sie nie vergessen, weil es so viele sind. Wie werden sie vergessen, weil es so viele sind. Nicht den 29.12., den nicht, nicht den einen Sohn, auf den hier die Eltern warteten.

»Wie können wir wirklich Anteil nehmen? Da hilft nicht mal Gott und wir schon gar nicht«, sagte Arno. Er fand es ein fragwürdiges Verlangen, sich tragisch mit betroffen zu fühlen, wenn man nur vom Unglück hörte. Gerade so, als zische das Wasser schon um die eigenen Füße, als sei man selber gerade eben noch gerettet, hänge im Baum und könne sich beim Nachlassen der Flut heruntergleiten lassen, säße auf dem Rücken des Elefanten, der sich losriss und die bebende Erde verließ – während doch in Wahrheit der eigene Rücken schmerzte vom langen Sitzen vorm Fernseher und alles sich nicht durch das eigene Zutun ordnete.

»Gott verlässt uns nicht, auch nicht in der größten Kalamität, hat der Papst erklärt«, sagte Bernward und niemand am Tisch wunderte sich darüber. Sie alle wussten, dass er unbeirrbar im Glauben war.

»Hat der Papst nicht auch gesagt, Gott hätte nach zwölf Jahren die Nazis zu Grunde gehen lassen? Warum griff Er nicht früher ein?«, fragte Arthur.

»Meinst du, Er geht in Revision? Soll es Berufungsverfahren für Ihn geben, Anhörungen, warum Er den einen sterben lässt und nicht den anderen? Urteilsrevidierungen? Man muss Gott ausreden lassen. Das ist der Ausweg im Denken, nichts anderes.«

Keiner antwortete darauf. Es war auch müßig. Niemand wusste, was Gott war und wo zu finden, wenn nicht in jedem selber.

Nina war nicht gläubig wie Bernward, aber sie glaubte an die Anwesenheit des abwesenden Gottes, so wie sie gewiss war, dass morgens das Licht wieder im Osten aufstieg; seitlich von ihrem Fenster, wenn sie sich früh genug herausbeugte, um das Schauspiel zu sehen. Es gab das Werden und Vergehen. Aufregung darüber war überflüssig, geradezu lächerlich. Ihnen blieb nichts, als mit Worten zu beschwören, was sie dem Bedrohlichen entgegensetzen konnten, hilfreich zuweilen.

»Es gab Verschiebungen, die sich lange schon vorbereiteten im Untergrund des Meeres«, sagte Arno und zwangsläufig habe nach diesen Vorboten und Warnungen endlich das kommen müssen, was sie ankündigten. »Weil immer schon da ist, was kommen wird«, sagte er. »Alles schon da, die Gedanken, die Entschlüsse, die Katastrophen. Sie warten immer schon in der Kulisse auf ihren Auftritt. Alles geschieht, weil vorher etwas geschah, dem Zwang der Tatsachen folgend.«

»Es überrascht mich nicht«, sagte Bernward, »wenn die Natur sich wehrt und selbst wenn der Tsunami nicht ausgelöst wurde durch unser Tun, dann ist es einfach nur so, dass die Natur uns mal wieder in Erinnerung ruft, dass sie die Macht hat. Dies war ›nur eine kleine schalkhafte Anspielung auf ihre möglichen Zerstörungskräfte‹...«

Arno lachte, weil er dies Zitat kannte, doch bezog es sich auf das Erdbeben von Lissabon, zweihundertfünfzig Jahre zuvor. »Nur dass wir damals noch von der Natur zu beeindrucken waren. Vielleicht liegt es an den Worten. Mit Worten wurde die Nachricht weitergegeben – und daraufhin änderte sich in ganz Europa das Denken über Gott und die Welt. Jetzt erleben wir alles mit Bildern und was ist die Reaktion? Hilfsprogramme und die Erfindung neuer Techniken, um vorzeitig zu wissen, was auf uns zukommt. Die Worte entwickeln den Sinn, die Bilder stellen fest.«

»Ich habe nie daran gezweifelt, dass die Natur uns über ist«, sagte Bernward. »Wir sind Teil von ihr, aufbauend und zerstörerisch wie sie.«

»Mich beruhigt das nicht«, sagte Nina.

Und wieder die Bewegungen der Kellner, fast lautlos und wie im Flug. Die Teller wurden gewechselt. Es war ein Zeremoniell, an dem sie teilnahmen und in das sie so eingebunden wurden. Judith lehnte sich zurück und sah sich selber zu, wie sie hier saß, gut angezogen neben vortrefflichen Freunden, die ebenfalls in Form waren, und ihnen zuhörte, wie sie über die Berichte, die Worte sprachen, mit denen das Seebeben besprochen wurde. Die Beschwörung Gottes, des Meeres, der Toten, der Touristen, der Überlebenden, des Sexgeschäftes, der Solidarität der Überlebenden und all jener, die zu Hilfe eilten. War es so? Nein, so nicht, ihre Gedanken waren den Gesprächen vorausgeeilt, die hier nicht stattfinden würden. Bernward interessierte im Augenblick einzig die Frage, wie vorbestimmt alles war.

»Nun, wäre der Sohn des Wirtes nicht gefahren, könnten wir hier mit ihm sprechen«, sagte Judith. »Du glaubst doch sonst an Schicksal«, erwiderte Bernward.

»Vielleicht erkennt man es nur nachträglich«, sagte Arno und fragte, ob er rauchen dürfe und zündete sich eine Zigarette an, die er nach einigen Zügen Judith weitergab, als sei dies schon eine Gewohnheit zwischen ihnen.

»Gott ausreden lassen – hast du vorhin gesagt«, und damit wandte er sich an Bernward und nahm so den Gedanken noch einmal auf, der ihn beschäftigte. »Es gibt eine Geschichte dazu, ungefähr zweitausendfünfhundert Jahre alt, aber das zählt ja nicht. Es war in Griechenland, da regierte ein Herrscher entsetzlich demütigend für sein Volk, unberechenbar in seiner Grausamkeit, und auch sein Sohn war von der gleichen Sorte, ein blutrünstiger, perverser Mörder. Endlich kam dann der Enkel an die Macht, und er war gütig und geduldig und das Volk atmete auf und segnete ihn. Aber vieles misslang ihm und ein Unglück nach dem anderen traf ihn, so dass sichtbar wurde, er hatte nicht die Gunst der Götter. Als es zu arg wurde, er verraten von seinen besten Freunden, mit Krankheit geschlagen, sich kaum noch bewegen konnte, ließ er sich nach Delphi tragen und befragte das Orakel: ›Warum begünstigten die Götter meinen Großvater und meinen Vater, obwohl sie so unerträglich ihr Volk malträtierten, und ich, unter dessen Herrschaft das Volk endlich aufatmen kann, werde von einem Unglück nach dem anderen getroffen?‹ Der Spruch des Orakels war vernichtend für ihn. Es sei vorbestimmt gewesen, dass drei Generationen das Volk in immer größere Bedrängnis bringen sollten, er aber hätte mit seiner Güte den Plan der Vorsehung gestört. Und starben sein Vater und sein Großvater inmitten all ihres zu Unrecht erworbenen Reichtums zufrieden und satt eines leichten Todes, so sollte er schmachvoll in Not und jedem erdenklichen Elend sterben, so der Orakelspruch.«

»Nun, auch die Guten sind notwendig, um die zerstörerischen Kräfte immer wieder anzustacheln«, sagte Bernward und lachte dies trockene kurze Lachen, das seine Freunde so gut kannten.

»Man könnte die Geschichte auch mal anders erzählen«, sagte Arthur. »Da wurde ein Volk, obwohl es ungeheure Verbrechen begangen hatte, mit übergroßem Wohlstand lange Zeit verwöhnt. Erst später erkannte man, dass der Wohlstand vielleicht gar kein Segen gewesen war, sondern das Volk träge, ängstlich und unfruchtbar machte und auf diese Art langsam so auslöschte, wie es die Vorsehung beschlossen hatte.«

Sie hoben die Gläser und tranken sich zu. Judith stand auf und ging um den Tisch herum, beugte sich zu Arno, so als wollte sie etwas sagen, schwieg dann aber. Vielleicht, weil alle ihr zusahen in diesem einen kurzen Moment. Dann ging sie hinaus. Bald darauf nahm Karla ihre große Handtasche, die sie unter ihren Stuhl gestellt hatte, und folgte ihr.

»Wobei wir wieder bei der Liebe sind«, sagte Bernward zu Arno. »Du solltest dich vor ihr hüten. Jetzt, da Judith nicht dabei ist, muss ich dich warnen. Dein Glück ist verständlich, aber zukunftslos. Du weißt das selber. Bald wird sie hier studieren können, gleichaltrige Freunde treffen. Du hast dann die Vaterrolle.«

»Geht es nicht eine Nummer kleiner«, sagte Arno.

Auch Arthur mischte sich jetzt ein, halb ernsthaft, halb scherzhaft. Es wäre ja offensichtlich, dass Judith verliebt in ihn sei und er dagegen steuern müsse. Schließlich gäbe es Nina, seine Ehe und auch sie selber, diese alten Freundschaften, die man so wenig abschütteln könne wie die eigene Verwandtschaft.

Bernward fühlte sich verantwortlich für seine Nichte, die Harriets und seinetwegen in die Stadt gekommen war, weil sie so wenigstens etwas Familie am Ort haben würde.

»Nun, ich tue ihr nichts«, sagte Arno. »Außerdem ist sie erwachsen und kann selber entscheiden, wie sie leben will. Wir gängeln die jungen Leute viel zu sehr, hören nicht auf, sie zu bevormunden, wollen immer das Sagen haben …«

»Schon gut. Aber du bist gewarnt, Harriet und ich werden mit ihr sprechen.«

Nina und Harriet fanden das übertrieben, sagten aber nichts dazu. Sie hatten sich jetzt nebeneinander gesetzt und redeten leiser miteinander, während Bernward und Arno nicht aufhören konnten, über Judith zu reden und Arthur sich nicht einmischen wollte und sich doch einmischte.

Arno gefiel diese Rede von ›gleichaltrig‹ nicht, als ob das eine Frage wäre. Es ging ja gar nicht um ihr oder sein Alter, sondern um die Faszination aneinander, um das Erkennen des anderen. Aber dies war jetzt nicht das Thema für ihn, sondern Bernwards Ignoranz, seine Schwerfälligkeit, sein Beharren darauf, er allein wüsste, was Recht und Unrecht sei – und all dies abgeleitet aus längst überholten Vorstellungen. Es war diese Unbeweglichkeit, die ihn aufbrachte, und die Sicherheit, mit der Bernward meinte, dies vortragen zu können. Wie lächerlich war dies ›gleichaltrige‹, als ob man nicht wüsste, dass junge Frauen sich langweilen bei Männern ihres Alters.

Und er ereiferte sich, verteidigte die Liebe, sie sei ein Recht ohne Moral, ein Phänomen, fähig den Menschen mit der Natur zu verbinden. Inspiration auch für die Kunst, ohne die alle Menschen geschichtslos wären. »Ihr genießt die Ergebnisse der Leidenschaften«, sagte er, »aber die Quelle aller Inspiration, aller Lust am Leben, die wollt ihr unter Verschluss halten. Analysieren wollt ihr alles, aber nichts sich frei entfalten lassen. Doch die Liebe ist keine abstrakte Idee, über die man diskutieren kann so als Frage, lassen wir sie zu oder lassen wir sie nicht zu, akzeptieren wir sie, wenn sie unsere Farbe, unseren Schnitt annimmt, was sind die Bedingungen? Es ist viel einfacher und gerade das macht euch Angst. Da kommt eine junge Frau und es ist ein Glück sie anzusehen. Sie in der Nähe zu haben, ist schon allein ein Vergnügen. Sie setzt Zärtlichkeit frei, aber auch eine Kraft, die sich nicht zufrieden geben kann mit euren Konventionen, die nur die Oberfläche schließen wollen, abdecken, verdecken … Aber wahrscheinlich versteht ihr das nicht. So eingepasst wie wir alle die letzten Jahre gelebt haben, nein, viel länger schon, fällt das wohl schwer. Ich frage, wo ist unser Mut geblieben, etwas Ungewöhnliches nicht nur auf dem Markt durchzusetzen oder in Büchern nachzulesen, sondern wirklich zu leben? *Nachdenken über die Leidenschaft* las ich gerade in einer Vorankündigung. Seht ihr, das ist es: nachdenken darüber, anstatt herauszukommen aus unserem abgelenkten, verweichlichten, vernebelten Leben, unserem zerstreuten, ängstlich abgesicherten, nicht mal sehr zufriedenen, sondern immer mehr misstrauisch eingehegtem Leben, wenig stürmisch, nur ab und zu ausbrechend. Und dann kommt so eine Frau und ihr versteht nicht, dass plötzlich alles für mich Sinn macht.«

Arthur hob die Hand, als wolle er ihm ein Zeichen geben, dass seine Redezeit vorbei sei und Arno lachte. »Schon gut, schon gut«, sagte er, »aber ich muss heftig werden, um euch zu erreichen.«

»Nun ja«, sagte Bernward, »das sind alles gar keine Argumente für mich. Und die Oberfläche ist etwas sehr Ehrenhaftes und zu beachten. Sie ist wie die Haut und muss gepflegt werden, schließlich schützt sie alles, was empfindlich ist und was mit Recht nicht ans Tageslicht gehört. Vielleicht könnten wir uns doch darauf einigen, dass eine Grundausstattung an Treue zu jedem ernsthaften Verhältnis gehört. Außerdem gibt sie dem Leben eine Struktur und erspart uns unnütze Umwege.«

»Das streite ich nicht ab, aber es ist auch nicht die Frage. Es geht um ein Geschöpf wie Judith.« Arno schwieg und sah, als müsse er sich ablenken, zu den Nachbartischen, an denen alle in so lebhafter Unterhaltung waren, lachend und scherzend wie ihm schien. Er wünschte diese Situation, in der er sich plötzlich wie ein Angeklagter fühlte, zu beenden und würde doch in den nächsten Minuten nicht aufhören können, wieder zu versuchen sich verständlich zu machen, damit seinen Freunden deutlich wurde, wie viel Judith ihm bedeutete.

Nina verstand, was Arno bewegte. Sie kannte diese Sucht, näher kommen zu wollen an das, was lebendig zu spüren war im Anderen, unerklärbar im eigenen Körper verborgen, aber möglich zu entdecken durch den anderen. Sie war überzeugt, dass es für sie nur in der Liebe die Möglichkeit gab, die Schranken zum Geheimnis des anderen zu durchbrechen, ihm wirklich nah zu kommen. Dabei wusste sie, auch die Gewalttätigkeit kannte diesen Impuls. Unvergesslich waren ihr die Schilderungen wie die Söldner in »Krieg und Frieden«, die Körper der Bauern aufschnitten, um die Seele zu entdecken – etwas, was sich ihnen immer wieder entzog – und nichts als tote Materie fanden. Aber wenn man liebt, so entdeckt man das, was man sucht, in der geliebten Person. Sie ist Teil des Rätsels und umarmt man sie, kann sekundenlang, wie das irreale Aufblitzen eines Lichtes im Dunkeln, die Lösung des Rätsels erscheinen.

»Wenn Arno Judith wirklich liebt, wird es schwer werden. Sie ist anders, als wen er sonst getroffen hat, und er weiß es.«

»Warte es ab«, sagte Harriet.

Währenddessen beharrte Bernward darauf, dass Treue das Wichtigste sei, was dem Leben Bodenhaftung gäbe, unverzichtbar in der Länge der Zeit. Doch Arno war keinem Argument zugänglich: »Natürlich, du weißt alles, ordnest immer alles perfekt. In eurer Ehe war noch kein Missklang. Aber vielleicht hast du mal darüber nachgedacht, ob nicht auch sehr viel Langeweile, vielleicht nicht für dich, aber für Harriet.«

Sie hatte das gehört und fand merkwürdig, wie sich der Abend entwickelte. »Lass mich aus dem Spiel, du hast von Ehe nie etwas verstanden.«

»Eure ist doch vollkommen unbeweglich. Zwei Betten in einem Schlafzimmer, da kann man doch nur Sie zueinander sagen.«

Worauf Bernward die Brille etwas umständlich wechselte und Arno ansah, als sähe er ihn zum ersten

Mal und ruhig sagte: »Dann wäre es gewiss auch gut, wenn wir uns siezen würden, das würde uns diese Ausfälle ersparen.«

»Tut mir leid.«

»Schon gut. Ich sagte dir ja, sich an der Oberfläche zu halten ist manchmal nicht schlecht.«

Es hatte nie einen bedeutenden Krach zwischen ihnen gegeben. Plänkeleien ja, Missverständnisse, aber nie, soweit Nina sich erinnern konnte, diesen gereizten Ton, wie nun zwischen Bernward und Arno. Kein Hinhören mehr aufeinander, sondern nur noch Beharren auf der eigenen Meinung, ohne auch nur ein einziges Argument dagegen in Betracht zu ziehen. Sie schwiegen nicht mal, wenn der andere etwas sagte, sondern redeten oft gleichzeitig, als könnten sie sich überstimmen.

»Es gibt das Unerhörte«, sagte Arno. »Wir müssen es doch staunend und anerkennend zur Kenntnis nehmen, einerlei wie sich alles entwickelt. Zuerst mal braucht es Bewunderung.« (Nein, er sagte nicht Anbetung, obwohl er dies gedacht haben mochte.) »Das ist doch das Fatale, dass wir nicht mehr bewundern, nicht dankbar sind, nicht mehr spontan wahrhaft lieben können«, sagte er. »Die kleinen Abenteuer, die nachlässigen kurzfristigen Seitensprünge, die nehmt ihr nachsichtig hin. Sie beunruhigen euch nicht, aber wenn etwas Ungewöhnliches geschieht, wirklich etwas, was mich erschüttert, dann seht ihr eure Gewohnheiten in Gefahr, das Gleichgewicht eurer eigenen Beziehungen gefährdet. Keine Erschütterung, darum geht es, das ist eure Moral. Aber wenn die Kraft zum Empfinden nicht zum Ausdruck kommt, außen sichtbar, so versickert sie innerlich, lähmend, verstopfend. Das muss euch doch auffallen, da ist immer weniger Leben in uns. Wir verholzen, sterben ab, werden gefühllos bei lebendigem Leibe …«

»Es reicht«, sagte Bernward. »Du vergisst, wir kennen uns seit langem und es ist Unsinn, was du redest. Es muss Sicherheit geben im Leben, in dem, wie man handelt und was man riskiert.«

»Nein, nein, du verstehst überhaupt nicht, was ich meine«, wiederholte Arno. »Vielleicht hast du früher was verstanden. Ich nahm es an, aber jetzt hast du dich seit langem eingerichtet in deinem Gehäuse. Aber weißt du, ob das richtig ist, die einzige Möglichkeit, überhaupt noch halbwegs gut? Wir bescheiden uns mit kleinen Gefühlen, meinst du nicht? Doch das ist Liebesverrat! Verrat an der Liebe, an unserer Fähigkeit zu lieben. Und was ist die Folge? Unsere Fähigkeit zu lieben, wie die zu leiden, wie überhaupt zu leben wird auf ein allen bekanntes Mittelmaß gedrückt, auf die niedrigste Amperezahl. Dabei haben wir früher doch gelacht über die Leute, welche das Leben mit dem Regen verwechseln, den Schirm aufspannen und sich unterstellen und warten bis es aufhört. Erinnert ihr euch nicht?«

»Ja, natürlich. Aber du könntest trotzdem auf Bernward eingehen, schließlich hat er dich mit Judith bekannt gemacht«, sagte Arthur, weil er sah, dass Bernward nun verstummte, sich zurückzog, was immer ein Zeichen von Missstimmung für Stunden sein konnte, und er fügte für Bernward hinzu: »Wir reden hier, als seien große Veränderungen geplant, aber es sind doch alles nur Theorien, Wunschträume eines Mannes, der schon graue Haare hat.«

»Was bist du für ein Freund«, sagte Arno bitter. »Vielleicht eifersüchtig? Dein Ton klang nicht gerade aufrichtig. Es ist schade um euch«, und aufseufzend setzte er hinzu: »Schade um uns alle.«

Für einige Augenblicke kehrte Ruhe ein, bis Arno wieder leise und eindringlich begann: »Ich will gar keinen Aufstand machen, ich will euch nur rein theoretisch sagen, dein Argument, Bernward, sie sei jung und ich alt, das gilt nicht. Das hat mit Liebe überhaupt nichts zu tun. Ein Mensch kann Gott lieben oder ein Tier, da sind die Unterschiede weit größer. Man liebt – doch mit welchem Glück, das ist eine andere Sache. Das Eindeutige, nicht Verfälschte zählt. Ihr müsst doch sehen, Judith hat etwas, was wir schon längst verloren haben. Nina wird verstehen, was ich meine.« Zum ersten Mal in diesem Gespräch sprach Arno Nina direkt an. Aber sie antwortete nicht gleich, wendete sich an den Kellner, bat ihn, noch Wasser zu bringen und schien vergessen zu haben, dass sie reagieren sollte, um endlich dann doch etwas allgemein zu sagen: »Für nichts, was uns bewegt, müssen wir uns schämen.«

»Aber für die Handlungen, die sich daraus ergeben«, sagte Bernward. »Ich meine, wie ihr eure Ehe auffasst, ist vielleicht auch nicht richtig. Die Freiheiten, die ihr euch nehmt, das kann euch auseinander bringen, das ist doch die Gefahr!«

»Das kann keiner beurteilen«, sagte Nina ruhig und mit Wärme, so als würde sie gern Bernward überzeugen. »Wir sind schon seit zwanzig Jahren verheiratet, da entwickelt sich manches. Du glaubst, es gibt dann nur noch Bruchstücke. Aber die Liebe kann man nicht zerschlagen, sie ist wie Wasser, sie schließt sich immer wieder über das, was man hineinwirft. Oder sie ist nicht zu tilgen wie der Blutfleck im

›Gespenst von Canterville‹. Er erscheint immer wieder, auch wenn man meinte, er sei endlich fort. Es ist tatsächlich sehr verwirrend.« Und sie lachte und dachte daran, dass immer diese beiden Positionen einander gegenüberstehen: *Es muss im Leben mehr als alles geben* und *Man kann nicht alles haben.* Streit- und Folgegedanken waren ihr wohl vertraut. Aber jenseits dessen gab es noch etwas anderes.

Arno wandte sich jetzt noch einmal an Nina: »Sie gefällt dir doch auch.«

»Sie wird ihm den Kopf abschlagen«, sagte Arthur zu Nina, und Harriet mischte sich ungeduldig ein: »Judith ist ein schöner Name.«

»Auch Malaria, Embolie und Tumor sind schöne Namen«, sagte Bernward. »Ich meine, wenn man sie nur dem Klang nach beurteilt. Auch die Namen unseres letzten Taifuns ...«

»Du könntest an die alte Geschichte denken, in der Holofernes von Judith getötet wird«, sagte Arthur. »Judith, das war jene Schöne, die ihr Volk befreite, indem sie das Liebeslager mit dem Feind teilte und dann, als er schlief, ihm den Kopf abschlug.«

»Selbst er vertraute der Liebe, er hatte nur kein Glück«, sagte Arno lächelnd und schenkte Bernward Wein nach, der ruhig feststellte: »Glück ist in der Natur nicht vorgesehen.«

»Nun ja, wir wollen ja auch sonst nicht der Natur folgen«, erwiderte Arno.

Nina war herausgefordert durch die Frage nach der Treue, die Bernward so hartnäckig stellte. Und sie dachte über das romantische Versprechen der frühen Jahre nach, als sie mit Arno zusammengekommen war. Dieses Versprechen, was nicht zu halten war.

Wenn man jung heiratet, gibt es die konventionelle Vorstellung von Treue, die fast zwingend voraussetzt, dass man eines Tages gewillt sein wird, den anderen zu belügen, ihn zu hintergehen, zwei Leben zu führen. Immer mit Schuldgefühlen, dem einen wie dem anderen gegenüber, weil die Norm ist, dass man nur einen lieben soll. Aber wie verbindlich ist die Norm?, dachte Nina. Ist normal das, was wir anstreben? Sind wir nicht Individuen, vereinzelt alle? (Anders wäre es, wenn jeder sich als gemeinschaftliches Wesen verstehen würde.) Doch müsste es auch so möglich sein eine Ehe zu führen, in der man die Leidenschaft füreinander erhält und trotzdem jeder sich entwickelt wie ein frei stehender Baum. In diesem Sinne hatte sie vor einigen Jahren mit Arno eine Absprache getroffen und bis jetzt hatten sie sich daran gehalten.

»Er versteht mich nicht«, fast Hilfe suchend wandte Arno sich jetzt noch einmal an Nina: »Bernward begreift nicht, dass man anders leben kann, als er es für richtig hält.«

»Das ist unser aller Laster«, sagte Nina und sie war gewiss, je mehr man wünschte den anderen mit Argumenten zu überzeugen, umso weniger konnte man ihn erreichen. Das wusste jeder, doch trotzdem wurde immer wieder der Versuch gemacht, sich verständlich zu machen, auf Argumente zu vertrauen, sie auszubreiten, zu erklären. Diese Absurdität faszinierte sie sehr, sie hatte das oft selber erfahren: Man hebt die Stimme, man spricht betont ruhig, wie im Nachhilfeunterricht, bildet äußerst verkürzte Sätze, damit der andere endlich versteht, was man meint und was so einleuchtend einfach für einen selber ist. Doch vollkommen vergeblich und nichts ist falscher als das. Je besser die Argumente, umso mehr verschließt sich der andere. Er wird sie nicht wahrnehmen, einerlei, ob man laut redet oder flüstert, ob man ruhig oder zornig Wahres oder Falsches vorträgt, weil der andere schon zu Beginn eigene Ideen hat, die er sagen möchte. Und je mehr man versucht, noch mit anderen Worten immer dieselben Argumente wenigstens zu Gehör zu bringen, zum Gespräch zu machen, umso mehr wird der andere nicht willens sein, sie überhaupt als möglich richtige wahrzunehmen. Selbst wenn es zu seinem eigenen Vorteil wäre, was man ihm vorschlägt und erklärt. Er will nichts erklärt haben und glaubt nicht, dass es sein Vorteil sein könnte. Er versteift sich, er denkt was anderes, interpretiert im eigenen Sinne den Satz, den er gehört hat, will nicht beeinflusst werden, meint gar, der andere wollte ihn betrügen, ihn umstimmen, und bleibt um so hartnäckiger bei seiner Meinung, die er von Anfang an hatte. Ob er später einsieht, dass einige Elemente aus der Gegenrede nicht abwegig waren und er sie sogar als gerechtfertigt übernimmt in seine eigene Argumentation, spielt keine Rolle. Erst mal ist da Abwehr. Da kann einer noch so sehr die Sätze umformulieren, im Versuch den anderen zu erreichen, der andere wird Absicht dahinter wittern. Er wird denken so wie er selber ist und so auch den Satz des anderen aufnehmen. Lügt er, so wird er auch hinter jedem Satz eine Lüge wittern. Beteuert der andere umso mehr, dass er es ehrlich meint, so wird er umso überzeugter sein, dass er lügt, weil er selber gewohnt ist, dies zu tun. Jeder reflektiert sein eigenes Bild auf den anderen. Nur wenig von all dem, was der andere sagt, hat so die Chance diese Abwehrzäune zu überwinden, um eine Idee einzuschmuggeln, wie fremdes Gut. Und selbst wenn einer ein redlicher Mensch ist, so wird er redlich seiner eigenen Vorstellung erst einmal nachgehen und sich auf die des anderen nur zögernd einlassen. Die Argumente des anderen überzeugen ihn vielleicht nur deswegen nicht, weil er selber gerade etwas anderes denkt und so abgelenkt ist, weil sein Denken, sein Leben gerade eine andere Fährte verfolgte. Obwohl man ständig miteinander redet, bleibt jeder vereinzelt. Zwanghaft oder veränderbar, das fragte Nina sich zuweilen. Veränderbar nur durch große Erschütterung, dachte sie. Diese verzweifelten, ironischen, ernsthaften, lächerlichen Anstrengungen, um durchzudringen zu dem anderen, ihn endlich zu erreichen … ach, gib es doch auf.

Nina erinnerte sich daran, dass sie mal jemandem beruflich helfen, ihn vor einer Torheit bewahren wollte und ihm ihrer Meinung nach einleuchtend darstellte, dass es ein Fehler sei, jetzt die Universität zu verlassen. Sie hätte genauso gut gar nichts sagen können. Es gab kein gutes Argument für seinen Entschluss und trotzdem hatte er sich damals daran gehalten. Wie an einem Faden gezogen, Schicksalsfaden oder was immer man glaubt, und sie sagte jetzt zu Harriet: »Weißt du, man hat Glück, wenn der andere gerade auf Sendung ist, willig und in der Lage zuzuhören, weil die Leitung gerade freigeschaltet ist, so dass er auf ein Argument eingehen kann. Vielleicht geht das nur, wenn man sich liebt«, fügte sie lächelnd hinzu, »Darüber wird hier ja gerade geredet ohne auf den anderen zu hören.«

Karla traf Judith vor dem großen Spiegel in dem Raum mit den Waschbecken und sah, wie sie ihre Hände wie eine Schale unter das laufende Wasser hielt und ihr Gesicht hineintauchte. »Diese langen

Essen«, sagte Judith und lachte, »ich weiß nicht, wie ihr das aushaltet, dieses lange Sitzen und Essen und Trinken und es wird geredet, aber vielleicht etwas anderes gedacht, ich meine, was mehr mit einem selber zu tun hat.«

»Das ist immer der Hintergrund«, sagte Karla und versuchte, ihr Haar neu hochzustecken ohne es ganz herunterzulassen, immer wieder brachen Strähnen aus. »Ich müsste Locken haben, dann hält die Frisur besser.« Sie sahen sich beide im Spiegel an und unterhielten sich mit dem Spiegelbild der anderen. Judith blieb länger, obwohl sie längst fertig war, und Karla fragte nicht, was sie gern fragen wollte, weil sie an ihre Töchter dachte und wie unwillig sie wurden, wenn sie nach etwas Persönlichem gefragt wurden. Und Judith wartete auf ein direktes Wort von Karla, aber das kam so nicht. Aber sicher war, sie mochten sich und es war schade, dass sich daraus nichts ergab. Judith wollte noch auf die Terrasse gehen, weil es wirklich sehr warm im Saal war. Karla erinnerte sich daran, dass sie sich vorgenommen hatte, ihre Kinder anzurufen und so trennten sie sich im Spiegel.

Harriet sah auf ihre Uhr, noch fast zwei Stunden bis Mitternacht. Sie wünschte, es wäre schon so weit. Das erste Hauptgericht wurde serviert: *Gebratener Loup de mer auf Pfifferlingen mit Thymiansoße*.

Bernward erklärte, berühmt seien hier die Fischgerichte. Aber auch bei dem Fleisch könne man sicher sein, die beste aller Qualitäten zu bekommen. Die Herkunft der Tiere wäre dem Koch immer bekannt und das Gemüse käme aus biologischem Anbau. Keine krebserregenden Stoffe und nichts, was zu fett wäre … Zudem würden die Linsen kurz vor Mitternacht serviert werden, einer alten Tradition folgend, bevor dann der Champagner gebracht wurde und die Gäste aufstehen, einander in die Augen blicken und in das schwarze Glas der Nacht hinaussehen würden.

Als Judith zurückkam, war nur noch ihr Platz unbesetzt. Karla saß schon lange wieder am Tisch. Arno sah, wie Judith ungewohnt langsam näher kam. Aber vielleicht lag das nur daran, dass sie von der Terrasse kommend alles neu wahrnahm. Ein gedämpftes warmes Licht füllte den Saal, dazu kamen die Stimmen der Menschen, beides zusammen eine Substanz, die nicht sichtbar war, aber stark anwesend. Um Judith herum war ein ständiges Vibrieren, ein An- und Abschwellen von Tönen, ein endloses Palaver. Jeder Satz so eifrig von einer ganz bestimmten Person gesprochen, als dürfte keins seiner Worte verloren gehen. Und doch lösten sie sich alle auf im allgemeinen undeutlichen Gespräch, diesem Fluss, in den alles unterschiedslos einmündete. Judith ging auf Arno zu durch dieses künstliche Licht, in dem die Flammen der Kerzen wie glühende Punkte waren, und er stand auf und wartete, dass sie näher kam.

Erst einige Monate später fiel ihm auf, wie sonderbar es gewesen war, dass er gerade in diesem Augenblick, als er stand und Judith entgegensah, entdeckte, dass ihre Augen diesen rätselhaften Glanz hatten, als spiegele sich Feuer in ihnen, und so ihre Ähnlichkeit mit dem *Mädchen mit den Goldaugen* erkannte. In diesem Augenblick hier im Saal erschien es ihm natürlich, dass ihm dieser Vergleich einfiel. Sie wurde so noch begehrenswerter, da nun hinter ihrer lebendigen Anwesenheit die extreme Gestalt eines jungen Mädchens auftauchte, das einst von Balzac erfunden wurde. Dies gab seiner eigenen Liebe noch eine andere, ihm bisher unbekannte Dimension. Er musste mit ihr darüber reden. Das Mädchen mit den Goldaugen, wiederholte er und rührte sich noch immer nicht, setzte sich erst, als sie sich hingesetzt hatte.

Bei einem der Fragebögen, wie sie seit Jahrzehnten in Mode waren und den auch Arno mal nach Proustscher Manier ausfüllen sollte, hatte er als liebste weibliche Gestalt in der Literatur das Mädchen mit den Goldaugen angegeben. Was er sonst geantwortet hatte, erinnerte er nicht mehr, es war alles Unsinn gewesen, abstruser Spaß, nur dieser Name nicht. Nicht die Nennung dieses Mädchens, bis zur Raserei von einer Frau geliebt und gefangen gehalten, äußerstes Zeichen ihrer Kostbarkeit, liebend einen Mann, nur in der Lust befreit und von der Frau aus Eifersucht getötet in Paris 1815.

Nichts kann trösten, das verloren zu haben, das uns das Unendliche erschien, diesen Satz am Ende der Erzählung hatten Nina und er eine zeitlang oft zitiert, dann war er in Vergessenheit geraten und jetzt hatte er plötzlich wieder eine Bedeutung.

Nina wartete ab. Sie war jetzt sicher, dass etwas geschehen würde. Judith aß nicht, obwohl das Essen noch unangerührt vor ihr stand. Der Loup de mer. Es war eine angenehm kleine Portion, eingedenk dessen, dass alles Kostbare wenig ist und dies dem Anspruch des Hauses gemäß. Arno war aufgestanden, als sie kam und sie hatte gedacht, er würde auf sie zugehen, sie umarmen und irgendeine Erklärung abgeben. Sie fand es unwürdig, dass sie nun bis zum Ende des Abends wie Fremde einander gegenübersitzen sollten, so als verbände sie nichts oder als dürften die anderen nichts von dem wissen, was sie verband. Doch er zauderte und das Gespräch am Tisch lief jetzt ruhig, nachdem Bernward und Arno nicht weitergeredet hatten über das, was sie miteinander nicht klären konnten, Bernward eine Übereinstimmung auch nicht erwartet hatte und Arno den Wortwechsel schon wieder vergaß. Karla erzählte die Geschichte vom Freund ihrer Tochter, der Zivildienst machte als Begleiter im Krankenwagen. Da transportierten sie einen Verletzten und prüften noch während der Fahrt seine Herzfrequenz. Doch der Monitor zeigte nur noch eine Linie und der Sanitäter, oder war es ein junger Arzt, der neben dem Verunglückten im Wagen saß, machte Wiederbelebungsversuche. Er schlug mit aller Kraft mit der Faust auf die Brust des Verletzten und starrte gebannt auf den Monitor, ob doch wieder Bewegung in die Linie kam, ob es Anzeichen von Hebungen und Senkungen gab, welche das Leben bezeugen. Aber nichts rührte sich, und so schlug er immer härter auf die Brust, während er auf den Monitor sah, und eine Stimme schrie vor Schmerzen immer wieder neben ihm auf, aber er hatte keine Zeit darauf zu achten. Er schlug zu und sah auf den Monitor, bis der Verletzte sich aufrichtete und der Junge zu sagen wagte, die Elektroden seien wohl nicht richtig mit dem Monitor verbunden worden.

Judith war ungeduldig, so konnten die Gespräche endlos friedlich weitergehen und gleich würde das Jahr zu Ende sein und sie würden aufbrechen und fortfahren. Und so sagte sie laut hörbar, als alle einen Augenblick lang schwiegen und nur noch ein wenig Gelächter zu vernehmen war: »Ich denke ihr solltet es wissen, Arno und ich sind verlobt. Wir lieben uns und wollen zusammenbleiben.« Mehr sagte sie nicht. Sie war dabei ganz unbefangen, bedenkenlos erkennend, dass sie und Arno, nur sie beide füreinander bestimmt waren. Sie nahm es als Schicksal, obwohl sie diesmal das Wort nicht aussprach. Warum auch immer Arno gezögert hatte, jetzt brauchte er nur noch zu bestätigen, was er und sie einander versprochen hatten, und seiner Frau und den Freunden erklären, dass dies so sein musste.

Wie eine Ankündigung im Theater, es hatten nur die drei Schläge auf den Bühnenboden zuvor gefehlt, dachte Nina noch bevor sie den Sinn von Judiths Worten wirklich wahrgenommen hatte und bedenken konnte, was dies für sie bedeutete und für Arno und für Judith.

Es kam ihr übertrieben vor, aber wahrscheinlich unvermeidlich, wie sie Arthur sagen wollte, zu dem sie sich in diesem Augenblick hinwendete. Sie war verletzt, doch wollte sie ruhig bleiben. Sie verstand gut, was Judith meinte, sie war nun auf dem Raubzug, die Junge. Es war aufregend dies zu sehen, erweckte auch in ihr das Verlangen, neu aufzubrechen, sich dem, den sie liebte, zu nähern als sei er gerade erst jetzt vor ihr aufgetaucht. Nein, da waren keine abgestorbenen Gefühle, sondern Zärtlichkeit und Schmerz, weil nie nah genug. Aber sie bedachte auch, dass es vielleicht ein Fehler von Judith war, von sich aus etwas zu verkünden. Sie wusste, wie Arno in solchen Situationen reagierte. Sie kannte, was Judith noch nicht erfahren hatte, seine Fähigkeit loszulassen, seine plötzliche Gleichgültigkeit anderen gegenüber, die ihm eben noch nahe waren, das nur auf sich konzentriert Sein, seine Hilflosigkeit, die echte und die gespielte.

Harriet nahm den Vorfall als Spiel, hob das Glas und prostete Nina zu wie einer Verbündeten und auch Arthur nahm es lässig und lächelte Judith an. »Jeder hat mal solche Ideen«, sagte er. »Wenn du liebst, streckst du die Hand aus und gehst mit der geliebten Person fort. Das sind immer wunderbare Augenblicke, wenn man davon überzeugt sein kann, dass es funktioniert. Aber da sind die gelebten Verbindungen, keiner ist frei für sich und je älter desto mehr gebunden«, und er sprach weiter freundschaftlich von der Kraft des Faktischen. Vielleicht dachte er, wenn er es mit genügend Nachdruck vortrug, könnte es eine Bedeutung haben und alles sich wieder sinnvoll einfügen.

Bernward versuchte Zeit zu gewinnen, nicht sicher, ob es klug war, Judith ernst zu nehmen. »Nichts wird heute Abend entschieden«, sagte er. »Wir alle haben getrunken und was immer ihr meint, lasst es uns später wissen.« Möglich, dass auch er verblüfft war und insgeheim Judiths Energie bewunderte, wenn sie auch nicht in seinem Sinne eingesetzt wurde. Seine Energie war von anderer Art, oft vom Willen angetrieben und vom Bewusstsein gelenkt, damit sie nicht erlahmte und er sie nicht unnütz vergeudete. Er ging sparsam damit um, ein sorgfältig gehütetes Feuer, während Judith noch auf die lodernden Flammen wies und versprach, sie würden noch höher züngeln. »Alles idealistisch überhöht, selbst wenn es nur dem eigenen Gefühl dient und andere in Mitleidenschaft zieht«, sagte er und sein Lachen war kurz und trocken.

»Vielleicht sollten wir das Gedachte mal aufgeben zugunsten des Denkbaren«, sagte Arno.

»Nur keine Ideologie mehr«, verwahrte sich Bernward und Arno gefiel es, dass er missverstanden worden war.

»Das war unüberlegt von dir«, sagte Harriet zu Judith, die ruhig dasaß und nichts erwiderte, als warte sie auf ein anderes Stichwort, um antworten zu können. Doch Arno sagte in diesem Augenblick nichts. Er war überrascht, mehr noch gekränkt, als hätte Judith ihn verraten, obwohl er wusste, die Verantwortung lag bei ihm. Aber ihm gefiel nicht, dass sie die Initiative ergriffen hatte und er nun eine Entscheidung begründen sollte, die zwar auch seine war, die er aber hier an diesem Abend keinesfalls hatte verkünden wollen. Wie konnte er den Freunden erklären, was ihn wirklich bewegte. Dabei hatte Judith noch nie so schön ausgesehen wie in diesem Augenblick, so voller Wärme und Sinnlichkeit die ganze Person. Sichtbar war in ihrem Blick der Triumph, dass sie ihre Liebe öffentlich verkündet hatte, sich ihm so dargebracht hatte. Sie handelte für ihn, da er nicht tat, was einzig zu tun war, allen zu erklären, dass sie sich liebten. Sie tat es mit der Überzeugung im Recht zu sein, wie nur je ein Mensch davon überzeugt sein kann. Denn nichts anderes war von Bedeutung für sie, als einzig die Liebe in einem solchen Augenblick der Entscheidung.

»Sie hat Recht und ihr ahntet es ja schon«, sagte Arno endlich und zu ihr gewandt: » Hättest du nicht warten können, bis ich etwas sage?« (und dabei überlegte er ganz unsinnig, wie es mit Judith und ihrem Liebhaber der ersten Nacht war, als er im sanften vertrauensseligen Schlummer lag und sie ihm den Kopf abschlug. Tat sie es, obwohl sie ihn liebte? Welch törichte Abschweifung.) Er sollte sich jetzt konzentrieren. Aber worauf? Ihre Erklärung war wie das

Öffnen eines Gebäudes, das nur dafür da sein sollte, ihnen beiden Schutz zu bieten, doch jetzt zerfiel es um sie herum.

Karla sagte zu Arno, dass er Nina nicht verlassen könne, er würde ja kaum Judith kennen und zur Liebe gehöre die Kenntnis vom anderen, später all die Erinnerungen, die sich ansammeln, um die Liebe zu stützen. Doch er hörte nicht hin.

An dem Abend, als er zum ersten Mal Judith alleine getroffen hatte und sie stundenlang durch die Stadt gelaufen waren, ohne Ziel, nur mit dem Wunsch miteinander zu gehen, nah beieinander zu sein, war alles belebt gewesen und ihnen beiden zugehörig. Und als er sie schließlich gegen Morgen verlassen musste und alleine die Straßen wieder zurückgegangen war, da waren ihm die Tränen gekommen, glücklich weinend und wie im Rausch war er zu Fuß nach Hause gegangen. Darüber hatte er mit niemandem gesprochen und er wollte das auch jetzt nicht tun. Was ihn mit Judith verband, ließ sich nicht erklären und ging so auch niemanden etwas an. Gerade Judith sollte außerhalb bleiben von den üblichen Verbindungen seines komplizierten, oft nur mit Kompromissen möglichen Lebens. Nun so öffentlich gemacht, musste ihre Liebe sich nach außen wappnen und so auch im Innenraum verändern. Was sie beide verband, wurde so erschwert, vielleicht unmöglich gemacht, wenigstens würde es nie mehr so unbelastet sein, wie es zuvor gewesen war. Arno wünschte, jetzt nicht dem Sanftmut seiner Freunde ausgeliefert zu sein. Sie billigten nicht, was Judith gesagt hatte, aber sie erhoben auch kein Geschrei. Sie hatte in seinen Armen gelegen, sie saß ihm jetzt gegenüber, er wollte sie festhalten. Gewiss war, gleich nachdem sie gesprochen hatte, hätte er aufstehen und mit ihr das Restaurant verlassen sollen. Vielleicht wäre dies die einzige Antwort gewesen, die ihrem Anspruch gemäß gewesen wäre. Doch war es unmöglich für ihn, zu schnell kam die Situation, zu unerwartet. Da war Nina, da waren seine Freunde, zumindest musste er ihnen Zeit geben zu verstehen, was mit ihm geschehen war. Sie sollten es akzeptieren, selbst wenn sie es nicht verstehen würden. Vielleicht verpasste er so einen nie wiederkehrenden Moment, aber es war schon geschehen.

»Ja, ich habe gesagt, dass ich mit ihr leben möchte«, sagte er. »Wir müssen uns Zeit nehmen, es noch besprechen. Es kommt alles etwas überstürzt auch für euch, ich verstehe das.« Er sah unsicher Nina an und sie erwiderte ratlos seinen Blick und sprang nicht auf, wie sie es am liebsten getan hätte, sondern stemmte die Füße fest auf den Boden und versuchte ruhig zu bleiben. Sie sagte sich, dass sie eine solche Situation schon im Voraus akzeptiert hatte, es also unangebracht war, nun aggressiv zu werden. Es musste ihr genügen, sich alles ins Gedächtnis zu rufen, was sie früher schon gedacht hatte und was ihr jetzt helfen konnte, halbwegs unaufgeregt zu bleiben, gerade so, als hätte Judith nicht eben ihren Mann für sich verlangt und er diesen Wunsch keineswegs abgelehnt, sondern bestätigt, dass es auch seiner wäre.

»Vielleicht erklärst du dich etwas deutlicher«, sagte sie endlich. Und Arno wiederholte, was er gesagt hatte. Dabei sprach er jetzt unnatürlich laut oder es kam ihr nur so vor, weil die Stimmen der Gäste lauter wurden, die Stimmung gelöster, das Lachen deutlicher, angeregt durch den Wein und das Essen. Manchmal ebbte es ab, sie horchte dem nach, dann wieder stieg das Gerede an. Überall in der Welt jetzt das unentwegte Geschnattere, dachte sie, Auseinandersetzungen und Liebesgeflüster, Erklärungen und Vorschläge, Ratschläge und Klagen, das theatralische Schreien und Rufen ohne Unterlass hier und überall. Hörst du mir zu? Warum wendest du dich ab? Wann kommst du? Warum verlässt du mich? Ich erkläre dir ... Ich verspreche dir ... Ich verlasse dich. Ich bin pünktlich zurück am 29.12. ... Ein unentwegtes Getöse von Stimmen und keine für sie in diesem Augenblick. Sie bewegten sich in Kulissen, nein, natürlich nicht, keine Attrappen um sie herum, sondern wirklich feste Wände, das muss man sehen voller Achtung, sagte sie sich und fühlte doch, dass alles wegbrach und es kalt wurde. Wind kam auf, der Sturm ankündigte.

Sie wandte sich jetzt zu Arthur. Es könnte doch sein, dass er jetzt aufsteht und seine Hand auf ihre Schulter legt und ganz selbstverständlich, auf seine liebenswerte nie laute Art einfach verkündet: Übrigens, Nina und ich wollen jetzt gehen. Wir haben immer wieder – ja, wir sehen uns öfter, wusstet ihr das wirklich nicht? – die Vorstellung gehabt, dass auch wir gut miteinander leben könnten. Obwohl vielleicht dann der Charme des geheimen ... nun einerlei, es muss wohl jetzt eine Entscheidung fallen.

Nina hatte über ihre Verbindung zu Arthur nie mit Arno gesprochen. Er hatte auch nie danach gefragt. Das eben war ja ihre Vereinbarung gewesen, dass jeder frei in seinen Entscheidungen, auch in seinen Lieben sein sollte. Und sie hatte sich ausbedungen, schweigen zu können, wenn sie wollte. Es schien ihr wie ein Verrat der Intimität zu sein, würde sie mit dem einen über den anderen sprechen. Aber jetzt, da alle Spielregeln offenbar aufgehoben wurden, könnte sie Arthur auffordern, doch seinem Freund Arno zu sagen, dass auch sie miteinander verbunden waren. Sollte dies alles nun endlich mal zur Sprache kommen und würde es was verändern? Vielleicht wäre sie ohne Arthurs beständige Zuneigung gar nicht bei Arno geblieben. Vielleicht hätte er sie dann längst verloren, von der er immer behauptete, er könne sie nicht verlieren. Nein, sie wollte nicht so viel überlegen, nicht die Gedanken dem Leben anpassen. Unser Mangel an Entscheidung wird unerträglich, es tut mir Leid, Arno, könnte Arthur sagen, es ist wie es ist. Natürlich sind wir befreundet, du und ich, und die Freundschaft ist uns seit langem kostbar. Wir werden sie nicht gefährden, wir werden uns arrangieren, ob du oder ich mit Nina ... unsere Freundschaft ist vielleicht sogar kostbarer als die Liebe. Ich meine, diese Idee einer großen Liebe, die immer währt, die nicht zu halten ist und gegenüber der Freundschaft vielleicht zurücktreten muss ... so ungefähr könnte Arthur jetzt reden. Doch nichts davon sagte er und sie fand auch das gerechtfertigt. Warum sollte er reden. Sie alle hatten ihren Anteil an diesem Leben miteinander aufgeteilt und warum sollten sie jetzt erstaunt sein, dass dabei kein großes herauskam, bei dem geringen Einsatz. Es war ja auch nie vorgesehen, dass Arthur sich je von Karla trennen würde und eindeutig war immer gewesen, dass sie Arno nicht verlassen konnte. Alles gut überlegt und vernünftig geordnet, sie lebte mit beiden zeitweise und keinem war es zu wenig. Und doch blieb in ihr dieser Hunger danach, satt zu werden im Gefühl, einen einzigen Menschen zu haben, dem das Herz so brannte wie ihr. Sie beugte sich zu Arthur und flüsterte: »Liebe ist ein Feuervogel. Man versucht ihn zu zähmen, zu verändern, ein Haushuhn daraus zu machen und fragt sich dann verwundert, wo der Feuervogel geblieben ist.« Er sah, dass sie hilflos war, obwohl sie versuchte, es nicht zu zeigen. Impulsiv hob er die Hand und streichelte ihr Gesicht und sie hielt für einen kurzen Augenblick seine Hand an ihrer Wange fest, vergewisserte sich so, dass sie nicht ins Bodenlose abstürzte, sondern anwesend war neben ihm.

Karla hatte diese Geste beobachtet und es war, als begriffe sie endlich, dass Arthur nicht so einzig für sie lebte wie sie für ihn. Wenigstens in dieser einen Sekunde, da sie erregt durch Judiths Bekenntnis plötzlich selber nach einem Aufbruch verlangte, einer Änderung des Gewohnten, nach einem Deutlicherwerden der Liebe, da sah sie die Bewegung, mit der Arthur Nina tröstete. Eine so intime Bewegung, die keinen Zweifel ließ, dass die Freundschaft zwischen beiden auch die Körper vertraut miteinander gemacht hatte. Es wurde ihr bewusst, was sie längst hätte wissen können. Es war ein kurzer Augenblick nur, und sie sann erschrocken dieser Möglichkeit nach. Sie hatte nichts gegen Nina, es schmerzte sie nur, sich vorzustellen, dass es wirklich so sein könnte, was sie sich nie vorgestellt hatte. Und dass dies die Freunde gewiss schon seit längerer Zeit wussten und keiner mit ihr darüber gesprochen hatte. Alle hatten es gewusst, nur sie nicht. Wieder das nicht Stattgefundene. Das Entsetzen der Einsamkeit. Sie hätte zu Hause bleiben sollen, sich verkriechen, die Glotze an, Rotwein und Marzipan, ins Bett mit einem Buch und sich müde stellen, wenn Arthur kam, um nicht beschämt zu werden, wenn er müde war und dies normal nahm, schließlich waren diese Wintertage lang und dunkel, voller Erinnerungen und Trauer. Aber darüber konnte sie mit niemandem reden, jetzt nicht, denn nun wurden Gambas serviert.

Für einen kurzen Augenblick brach ihre Angst durch, alleine zu sein inmitten der Freunde, auch in Anwesenheit von Arthur. Dann fing sie sich wieder, gewohnt solche Momente zu beherrschen. Sie wollte nicht bezweifeln, dass er redlich mit ihr umging. Sie hätte das nicht durchgestanden, nicht gewusst, wie sie ohne Vertrauen zu ihm so weiterleben könnte wie bisher. Entschieden drängte sie die Angst zurück, warf sich vor, überhaupt solche Gedanken zu haben. Sie durfte nicht eifersüchtig sein. Jetzt unterhielten sich Nina und Arthur ja auch wieder, als sei nichts geschehen und vielleicht war auch nichts geschehen. Vielleicht hatte sie diese Geste falsch interpretiert – obwohl sie natürlich wusste, dass es nicht so war. Sie wusste plötzlich auch, dass es schon öfter solche Momente gegeben hatte, wenn sie alle zusammen waren und in denen sie, wie ein Blitzen im Auge, so schnell wie das Öffnen einer Linse, die auf Einhundertstel eingestellt war, die Bilder aufgenommen hatte, die eindeutig belegten, dass sie betrogen wurde. Die himmlische Liebe, dachte sie, und die irdische, die sie so oft verlangt hatte zu sein. Aber seit langem hatte Arthur sich immer mehr zurückgezogen, war abwesend, überarbeitet und überließ sie der Frustration, körperlich nicht mehr anziehend für ihn zu sein, minderwertig, wie sie oft dachte. Dann versuchte sie diesen Mangel auszugleichen, indem sie eifriger noch für ihn und die Familie sorgte, kaum auf sich selber achtete, auf ihre eigene Müdigkeit und auf ihr eigenes Verlangen, das sie so betäubte. Sie wollte gerecht sein, ihm nicht vorwerfen, dass er für sie nicht in allem so sein konnte, wie sie es sich wünschte. Er war gut zu ihr und zu den Kindern, auch zärtlich zuweilen. Ja, er betrog sie mit Nina. Sie hatte es nie wissen wollen, wollte die Kränkung vergessen, aber ihr Körper vergaß nicht. Sie merkte jetzt, dass sie zu viel getrunken hatte. Vielleicht war nicht geschehen, was sie meinte, bemerkt zu haben. Sie war oft ungenau in der Beobachtung, ungenau im Erinnern, nie nachtragend, großzügig aus Schwäche oder aus Lust am Leben. Sie wünschte selber von dem Nachzutragenden frei zu sein, war sie doch seit ihrer Kindheit an Verrat gewöhnt gewesen.

Sie erinnerte den Streit zu Hause, die Mutter, die immer öfter fortging und eines Tages überhaupt nicht wiederkam, den Niedergang des Vaters, der drohte, sich das Leben zu nehmen und doch ständig für die Kinder sorgte. Wenn ihn jemand ansprach auf die Schwierigkeiten, die er hatte mit seiner Frau, den Kindern oder im Beruf, sagte er immer nur: Das ist nicht so wichtig, das trag ich schon. Und jeder sah doch, dass er es gar nicht tragen konnte, zusammenbrach und wieder aufstand, von mal zu mal sich schwächer fühlte, der Rücken gebeugt und immer noch sagte: Das ist nicht so wichtig, das trag ich schon. Und nachts schrieb er lange Briefe an seine Frau und versuchte die richtige Formulierung zu finden, um sie zu überzeugen, dass sie zurückkehren sollte. Mit jedem Wort, das er schrieb über seine Wandlung und wie er stärker und zuversichtlicher geworden sei, war er überzeugt, dass er es auch geworden war. Wenn seine Frau dann den Brief las, würde sie dies erkennen und zurückkehren. Aber er zerriss die Briefe immer wieder, formulierte sie neu, erzählte von dem, was er neu gesehen und gedacht hatte. Manches erfand er auch, um sie zu überreden. Dann aber schickte er die Briefe nicht ab, weil darin etwas Erfundenes stand. Erst wenn er im Brief endlich überzeugend auch für sich selbst wiedergeben konnte, wie er sich verändert hatte, wollte er ihn abschicken.

Karla erfuhr nie, ob er einen Brief je abgeschickt hatte und ob er zu der Zeit, in den Jahren vor seinem Tod, überhaupt eine Adresse von seiner Frau gehabt hatte, so dass er den Brief hätte fortschicken können, aber das war vielleicht auch gar nicht so wichtig. Wichtig war für ihn dieses Briefeschreiben in der Nacht, und wenn er nicht gerade sehr viel getrunken hatte, wusste er auch, dass seine Frau nie zurückkehren würde.

Dieser Satz war Karlas Erbe geblieben von ihm: Das ist nicht so wichtig, das trag ich schon. Es gibt Schlimmeres als das, was dir geschieht und Größeres als du fassen kannst, das war seine Botschaft und dies hatte sie geprägt. Es war ihr so selbstverständlich geworden, dass nichts, was ihr geschah, schmerzvoll sein konnte, nichts gewichtig genug, um ihr das Recht zu geben, empfindlich darauf zu reagieren. Gewiss, es war schlimm krank zu sein oder – wenn es denn so wäre – betrogen zu werden. Aber was war das alles gegen das, was anderen angetan wurde. Sie setzte das nicht bewusst in Beziehung, sondern es war für sie eine selbstverständliche Reaktion auf alles, was ihr geschah. Es war keine Gleichgültigkeit, kein Fatalismus, sondern eine Wertung niemandem zuliebe, aus keinem Schuldgefühl heraus, sondern wie ein Maßstab, der natürlich vorgegeben zu sein schien und über den sie selten nachdachte.

Sie vertraute darauf, dass Arthur aufrichtig war, wenn er über seine Gefühle ihr gegenüber sprach. Vielleicht hatte sie manchmal seine Worte nur falsch ausgelegt, immer in dem Sinne, wie sie es sich wünschte. Die große Liebe, wenn es nur große Sympathie von ihm aus war, die Leidenschaft zueinander, wenn es für ihn freundschaftliche Liebe war. Sie hätte nicht genau sagen können, seit wann sich dies so entwickelt hatte und warum. Wir waren ja immer beschäftigt, hatte sie Harriet eines Tages gesagt. Harriet, mit der sie ab und zu telefonierte und die sich manchmal um Karlas Kinder kümmerte, da sie keine eigenen hatte. Auf jeden Fall wollte Karla immer diese Ehe erhalten, schon weil die Ehe ihrer Eltern so unwürdig geendet hatte. Sie wollte beweisen, dass es das gab, eine Gemeinschaft, bis dass der Tod euch scheidet. Obwohl sie manchmal selber ihren eigenen Eifer komisch fand, mit dem sie diesen Anspruch erhob. Aber war nicht vieles außerhalb jeder Berechnung, sobald es um Gefühle ging? Auch zählte die Zeit für sie, in der sie schon so lange vertraut miteinander waren und all das Gemeinsame zählte, was sie miteinander verband, was auch in der Erinnerung des anderen aufgehoben war und so noch nicht im Unwirklichen verschwunden. Und doch hätte sie gerne mit ihm manchmal über ihre Kindheitserinnerung gesprochen. Sie hatte es sogar versucht und war erschrocken gewesen, wenn sie etwas gesagt hatte, was sie nur zögernd preisgab, die alte Verletzung, und er nur verständnisvoll freundlich reagierte, als sei diese Ungeheuerlichkeit, die sie nur mühsam formulieren konnte, für ihn nichts Ungewöhnliches. Lange schon bekannt und hingenommen der wiederholte Selbstmordversuch des Vaters, diese drohende Todesannäherung, in den ihn die Liebe trieb und die ihn von der Liebe heilen sollte. Sie sprach nicht mehr darüber, weil sie Arthur nicht erklären konnte, welche Bedeutung für sie diese traumatischen Erinnerungen hatten und sie ihn damit auch nicht belasten wollte. Jetzt erst bemerkte sie, wie sie immer Rücksicht darauf genommen hatte, in welcher Stimmung Arthur gewesen war. Wie sehr sie im Umgang mit ihm sich angewöhnt hatte zu überlegen, was sage ich wann am besten zu ihm, was verschweige ich, was hat er gern. Nur keine Störung, die zu Missverständnissen führte oder zu unliebsamen Offenbarungen der Differenz zwischen ihnen. (Wenn du so viel Rücksicht nimmst, heißt das, du willst ihn lenken, hatte Harriet mal zu ihr gesagt – auch daran dachte sie jetzt.) Sie würde Arthur treu bleiben, bei ihr war die Liebe aufgehoben und er würde kommen, wenn er sie brauchte und sie sich bei ihr holen.

Und es war sehr wahrscheinlich, so sagte sie sich, dass sie eben gar nicht richtig hingesehen und Arthurs Geste falsch interpretiert hatte. Sie wollte Nina nicht Unrecht tun, ihnen beiden nichts unterstellen. Sie wollte nicht kleinlich sein, sich unnütz sorgen – und so verschwand diese Vermutung erneut aus ihren Gedanken, anderes wurde wichtiger.

Karla wandte sich wieder ihren Freunden zu. Sie brauchte Menschen zum Lieben und sie tröstete sich damit, dass es vor allem wichtig sei, selber zu lieben. Wenn sie an Nina und Arno, an Harriet und Bernward so hing, dann vor allem, weil sie sich alle aus früherer Zeit kannten. Sie hatte sich immer eine große Familie gewünscht, schon als sie Kind war. Wie viel einfacher wäre alles gewesen. In einer großen

Familie fand man immer jemanden, mit dem man reden konnte, streiten oder lachen, von dem man Geschichten hörte und dem man selber erzählen konnte, was einem das Herz beschwerte. Wenn man mit einem Menschen nicht zurechtkam, gab es den anderen. So vielfältig hatte sie es sich gewünscht, wie es in Woody Allens Filmen zu sehen war, in denen die merkwürdigsten und liebenswertesten Schwestern und Tanten und alle möglichen Verwandten auftauchten, plötzlich ins Haus kamen und blieben. All diese umständlichen Verwicklungen und Auflösungen familiärer Verhältnisse, wer mit wem zusammenkam, wer dazugekommen, wer verliebt, wer krank und zu Grabe getragen – und dann all die Feste, dies gab Stoff für endlose Debatten. Und so wurde nicht nur das eigene Leben gelebt, sondern auch das der anderen mit, ausufernd reich bei jedem Beisammensein, und mitgelebt würde die Liebe werden, das Glück genossen, Anteil zu haben an vielem. Besser wäre auch so der Schmerz zu ertragen, die Anwandlungen der Eifersucht, des Überdrusses, der Verzweiflung. Der Schmerz kann zerstörerisch sein, dachte Karla, wenn es nicht einen Freundeskreis gibt oder Verwandte, Menschen, die das Gefühl einer Kontinuität in den Empfindungen und Erinnerungen geben, von etwas, was unverbrüchlich vorhanden ist. Sie brauchte Menschen, um mit ihnen zu reden, zu streiten, zu lieben. Aber es war einsam geworden in ihrem Haus und Arthur war oft fort. Mit den Kindern telefonierte sie. Eine große Familie, die unterschiedlichsten Menschen, die vielfältigen Stufen des Alters und der Entwicklung, wie hätte sie das gerne alles zusammen. Ein großer Kreis, in dem Vertrauen und Offenheit herrschten, gewiss auch Abhängigkeiten, vielleicht sogar Hass. Aber dies war immer noch besser als die pure Gleichgültigkeit, welche sie oft als vorherrschend empfand. Die Liebe war so etwas Vereinzeltes geworden, jeder für sich ein Ausnahmezustand. Keine großen Emotionen, welche gemeinschaftlich erlebt wurden. Darum entstanden auch keine der schwermütigen Liebesklagelieder mehr. Keine Lieder der großen Gefährdungen von denen, die sich verlassen mussten, der für ewig Getrennten. Lieder aus der Ferne, die Verzweiflung variierend, dem Schmerz Stimme gebend über das, was das Leben ihnen antat. Jetzt erschien ihr alles privatisiert und kraftlos. Außer in der Oper, wohin sie manchmal mit Arthur und den Freunden ging. Viel Simulation sonst, dachte sie, wie der Wein, den sie jetzt tranken, von dem Bernward sagte, man könne nie wissen, ob er länger jung gehalten worden war oder künstlich gealtert wurde. Alles nicht mehr genau bestimmbar, der Verfall, die Zeit, in der etwas andauerte, hielt und verging.

Sie sah sich im Saal um. All die Menschen hier, die fremden Gäste, in früheren Zeiten wären sie vielleicht aus den verschiedensten Teilen des Landes gekommen, um ein großes Familienfest am Ende des Jahres zu feiern. Dann würde sie ihre Namen kennen und sie umarmen und nachfragen, wie es den Eltern ginge und wie den Kindern. Mit jenem Mann dort am Nachbartisch könnte sie verwandt sein, der sie jetzt erstaunt ansah, obwohl er sie wahrscheinlich gar nicht wahrnahm, sondern immer weiterredete hin zu seiner Frau, die so ätherisch und zart aussah, vielleicht leidend war, vielleicht aber auch nur eine Diät machte. Wäre dies hier ein Familientreffen, so würde sie von Tisch zu Tisch gehen und könnte fragen: Wie geht es euch, was habt ihr für Pläne, für Gedanken? Wie geht es im Beruf und wie in der Liebe? Sie würde wissen, wer hier mit wem sitzt, oder ob der eine oder andere lieber mit jemand anderem feiern würde und später hinausgehen wird, um mit dem zu telefonieren, der ihm nah ist, den er aber nicht zur Familienfeier mitbringen konnte. Warum lächelt ihr? Ah, immer diese indiskreten Fragen, die viel zu einfach gestellt wurden. Sie könnte die alte Frau fragen, die so still dort sitzt, ganz bei sich selber in dem Trubel: Sag mal, wie war es bei dir? Wie hast du dich verhalten, als dein Mann dich damals verließ? – wir kennen ja alle die Geschichte – Was würdest du anders machen, könntest du alles noch einmal wiederholen, und möchtest du dies überhaupt? Kränkte es dich, dass die anderen schon viel länger wussten, dass dein Mann eine Geliebte hatte und niemand es dir sagte, oder wolltest du es gar nicht wissen? Hast du die Schuld bei dir selber gesucht und sei es nur, um dich selber nicht passiv erleben zu müssen? Fürchtetest du dich davor, den Rest des Lebens allein leben zu müssen und wie hilfreich war dir die große Familie?

Aber dies hier war keine Großfamilie, kein Clan, der Vergangenheit und Zukunft so vielfältig umfasste, und so gab es auch weder Fragen noch Antworten und Karla sprach dem Wein zu. Ihr Mann sah sie plötzlich aufmerksam an, beugte sich vor und fragte leise: »Ist dir nicht gut?«

»Doch, doch, mach kein Aufhebens davon, ich bin nur zu warm angezogen.« Sie hatte ein dunkelgrünes Wollkleid an. Es war ihr Lieblingskleid, obwohl es schon ein paar Jahre alt war. An diesem Abend, bevor sie aufgebrochen waren, um hierher zu fahren, hatte sie lange anprobiert, unsicher was sie anziehen sollte.

Sie war mit allem unzufrieden gewesen und hatte sich am Ende wieder für dieses Kleid entschieden, auch wenn sie wusste, es würde viel zu warm sein. Vor allem die Korsage, die sie darunter tragen musste, würde sie beengen. Sie lächelte und bot Arthur die *Gambas in Beurre blanc mit Trauben und jungem Lauch* an, die noch immer vor ihr standen, sie wusste, er aß sie gerade so zubereitet besonders gern.

»Du weißt nicht, was du tust, bedenkst nicht die Folgen«, sagte Harriet zu Judith und wusste zugleich, sie lebten auf zwei verschiedenen Ebenen. Sie, die Ältere, redete aus dem Raum ihrer Lebenszeit, während Judith sich in einer anderen befand und an Schicksalsfügungen glaubte. Ein Begriff, der für Harriet zweifelhaft war. Was war Zufall, was von ihr selber initiiert, was Schicksal? Ein so großes Wort, so fern ihrem eigenen Leben. Doch Judith fand, es sei vorherbestimmt, dass sie den traf, den sie liebte, und war gewiss, auch alle anderen mussten diese Entscheidung akzeptieren als etwas Gegebenes. »Du triffst so viele Menschen«, sagte sie, »aber auf den einen gehst du zu und weißt, er ist es und du bist gewiss, auch er weiß es.«

»Große Emotionen«, sagte Harriet und das klang nicht mal ironisch. Nina wusste oft nicht, was Harriet wirklich meinte. Es gab ein freundschaftliches Parlando, an das sie sich alle gewöhnt hatten und das auch bei gewichtigen Themen nicht unbedingt aufgegeben wurde. Später auf der Terrasse würde Harriet zu Nina sagen: »Lassen wir uns doch nicht beunruhigen. Die Aussichtslosigkeit ihrer Verbindung wird Judith und Arno zu einem besonders leidenschaftlichen Paar machen, aber das hält nicht lange.«

»Es schmerzt«, sagte Nina erstaunt zu Arthur und er antwortete ruhig: »Natürlich, meine Liebe. Das ist normal.«

»Manchmal kann man es nicht aushalten«, flüsterte sie zurück. »Ich meine, dies alles …«

»Das geht vorbei, beunruhige dich nicht. Wir bekommen nur in Stücken, was wir im Ganzen brauchen. Und weil wir eine Vorstellung vom Ganzen haben, empfinden wir alles als Stückwerk und das ist manchmal schmerzlich.«

»Wo sonst als in der Liebe brauchen wir Gewissheit und gerade da ist nie etwas gewiss«, antwortete Nina. So saßen sie und redeten und schwiegen und erinnerten sich und weder Arno stand auf, um Judith in die Arme zu nehmen, noch Arthur erklärte offiziell seine Liebe zu Nina, sondern alles blieb wie es war. Karla schenkte sich wieder ein und wiegte sich leicht im Takt einer Musik, die keiner hörte und die des Weines war. Später zu Hause würde sie sich dem Schlaf in die Arme werfen mit solcher Entschiedenheit, als ginge es um Leben und Tod.

»Es ist überraschend für mich, was ihr hier gesagt habt. Und ich meine auch«, und Nina wandte sich zu Judith, »dass du keine richtige Vorstellung hast von Arno und mir, davon wie wir zusammen leben. Bis jetzt waren wir überzeugt, so dachte ich wenigstens, dass uns nichts trennen könnte. Obwohl es gab Schwierigkeiten, die Freunde haben das erlebt, auch die kurze Zeit unserer Trennung.«

»Das war wirklich schwierig, auch für uns«, rief Harriet. »Eine prekäre Situation. Trennen sich Freunde, sind meistens auch die anderen Paare gefährdet. Das funktioniert wie eine ansteckende Krankheit, ein

Virus des Zweifels und des Überdrusses und der Hoffnung auf eine Veränderung. Eine Veränderung natürlich der leichten Art, bei der man sich nicht selber ändern muss, sondern nur den Partner auswechselt. Funktioniert selten oder nie.«

»Ich wollte euch nicht mit in den Streit ziehen, ihr solltet nicht Partei ergreifen müssen, darum sprach ich damals wenig mit euch. Ich war zu wütend, zu verletzt, brauchte Zeit. Auch kamen wir dann ja bald wieder zusammen.«

»Vergiss nicht, was wir uns versprachen«, sagte Arno, »wir waren uns einig ...«

»Unsere Verabredung kennen alle unsere Freunde. Es war eine emanzipatorische Tat, wie wir beide vielleicht zu Unrecht dachten«, sagte sie lächelnd.

Es war einige Jahre her, dass sie mit Arno nach langen Auseinandersetzungen so etwas wie einen Kontrakt geschlossen hatte. Sie wollten sich gegenseitig alles zugestehen, was ihnen nötig war an Freundschaften und auch an Liebe, selbst wenn es den anderen nicht mit umfasste. Dabei hatten sie überlegt, ob es gut wäre, wenn sie untereinander vollkommen offen über alles, was sie erlebten, reden würden. Sie entschlossen sich dann aber, dies nicht zu fordern, denn das hätte bedeuten können, geheimnislos zu sein. Absolute Durchsichtigkeit, die nicht damit rechnet, dass der Mensch ein kompakter Körper ist, mit wechselnden Gedanken und Empfindungen.

Die Vorgeschichte zu dieser Verabredung war die Geschichte, dass sie eines Tages einen Brief fand, der eindeutig bewies, dass Arno einige Tage in einem Hotel mit einer Freundin verbracht hatte. Es folgte das Übliche. Ihre Verzweiflung und sein Leugnen, die Trennung und das wieder Zusammenkommen und der Kontrakt miteinander, an den sie sich gehalten hatten.

»So sonderbar es klingen mag, seitdem ging es uns gut«, sagte Nina und Karla stellte zufrieden fest: »Es wurde Freundschaft.«

»Nein, ich meine nicht. Es blieb Liebe. Wir wollten nicht ohne einander sein und wir änderten uns, um miteinander bleiben zu können. Und weißt du«, und sie sah Judith an, »die Liebe, das ist ja nur ein Teil des Lebens, auch wenn sie so entscheidend beherrschend sein kann.« Und während sie dies sagte, erinnerte sie sich daran, dass sie nach der Trennung von Arno plötzlich wie befreit gewesen war. Sie musste nicht ständig mehr präsent sein, nicht immer antworten und besorgt Anteil nehmen, nicht freiwillig aus Liebe kommen, wenn sie gerufen wurde, musste überhaupt nicht kommen, konnte einen anderen Weg einschlagen, löste sich. Zuweilen das Entsetzen der Einsamkeit. Aber überwiegend war das Gefühl der Ungebundenheit gewesen, der verantwortungslosen Freude, allein für sich zu sein. Den anderen freilassen, um selber frei zu sein. Und mit diesem Wissen waren sie wieder zusammengekommen. Besser werden miteinander, das hatten sie doch gewollt, nicht sich gegenseitig einengen. Sie erinnerte sich an einen von ihr sehr bewunderten Autor, Aaron Appelfeld, der von der *Wärme der Großzügigkeit* sprach, das wollten sie, so sollte der Grundton sein.

»Und also seid ihr doch Freunde«, beharrte Karla.

»Wie soll man das trennen. Liebe nimmt mehr in Kauf. Unter Freunden ist Verrat unverzeihlich, löst die Freundschaft auf.«

»Und bist du mit der Theorie glücklich, mit eurer Verabredung?«, fragte Bernward.

»Vielleicht. Ich habe ja auch nur von mir gesprochen. Es gibt so viele Liebesmöglichkeiten wie es Menschen gibt«, und damit wandte sie sich direkt an Bernward. »Eure Ehe erschien mir immer als etwas Besonderes. Ich habe euch wirklich sehr bewundert.«

Bernward sah sie dankbar an und war plötzlich ganz weich gestimmt.

Weil sie dies gesagt hatte und weil es nun eine ganz besondere Nacht war, und auch weil Judith hier mit am Tisch saß, so schweigsam und verheißungsvoll, erinnerte er sich an eine Frau, die ein Freund vor langer Zeit zu einem kleinen Fest bei ihnen mitgebracht hatte. Vom ersten Augenblick an, da sie sich die Hand gaben, war eine überraschende Spannung zwischen ihm und dieser Frau gewesen, ein verrückter Zauber, etwas Ausschließliches, so dass er sich die nächsten Stunden fast nur noch mit ihr unterhielt. Es war, als ob sie ein Duett singen würden, von dem ihnen die Worte erst beim Singen einfielen. Und einer sprach den Satz des anderen zu Ende und jeder Satz führte zu neuen Sätzen. Die verführerische Zärtlichkeit der Worte, wie das Gehen auf einem Drahtseil, den Schirm in die Luft halten und die Freude des Balancierens, ein Taumel an Freude bei klarem Bewusstsein. Wie gut diese Stunden gewesen waren. Alles war neu erschienen und noch nie so leicht gesagt, sprunghaftes Lachen, nie enttäuscht vom Satz, von der Gebärde des anderen. Der Gleichklang in allem, obwohl sie sich kaum kannten, hatte ihn erschüttert und war ihm im Gedächtnis lebendig geblieben. Wenn er sie früher getroffen hätte, was wäre dann geschehen? Am Ende dieses Abends hatten sie miteinander getanzt, schwerelos – wie es ihm doch sonst nicht möglich war. Oder hatte die Erinnerung ihm selber einen leichten Körper gegeben, ähnlich dem ihren? Im Licht dieser Nacht sah sie verletzbar aus und er hatte das Gefühl gehabt, er müsse sie beschützen. Als die Gesellschaft spät in der Nacht sich endlich auflöste, trennten auch sie sich voneinander, zaudernd und einander versprechend, am Morgen wieder zusammenzukommen.

Er wusste, wenn er in der Nacht mit der Frau zusammengeblieben wäre, hätte er am Morgen seine Liebe in ihrem Gesicht wiedergefunden. So aber, da sie zum Frühstück unausgeschlafen und leicht verquollen kam, war der Zauber verflogen. Er erkannte sie nicht wieder und wandte sich wieder ganz Harriet zu, wie er überhaupt immer ihr treu geblieben war und dies einer der wenigen Momente gewesen war, in denen er gedacht hatte, er könnte sich jemals in jemand anderen verlieben.

Es fiel ihnen auf, dass die Kellner unfreundlich geworden waren, gerade so, als hätten sie keine Lust mehr, zu servieren oder es würde sie stören, dass die Gäste noch im Raum waren. Es waren alles Kellner, die aus fernen Ländern kamen, in ihren schwarzen Anzügen oft eleganter als manche Gäste. Sie servierten jetzt *Carré vom Bigorre-Schwein aus den Pyrenäen mit geschmorten Schalotten, Wirsing und Mousselinekartoffeln* ungewohnt nachlässig, als käme es nicht mehr darauf an, liebenswürdig zu sein. Vielleicht verachteten sie diesen ganzen Aufwand, dem sie dienten und wollten dies jetzt nicht mehr verbergen. Auch mochten sie privat Schwierigkeiten haben, waren nicht mehr fest angestellt und so bedrängt von Sorgen, was das neue Jahr ihnen bringen würde, dessen Beginn kaum eine Stunde entfernt war. Das Restaurant war nur noch an solch besonderen Feiertagen gut besucht, sonst litt es darunter, dass es außerhalb lag. Das war früher ein Vorteil gewesen, jetzt eher ein Nachteil bei der schwierigen Konjunktur, die alle bedrücke, wie der Wirt gesagt hatte.

Das Gespräch der Freunde hatte sich wieder etwas beruhigt. Da sie nichts klären konnten, ergaben sie sich der vergehenden Zeit, lobten den Koch, aßen langsam und sprachen von gemeinsamen Bekannten, als könnten sich in Betrachtung anderer Geschichten die eigenen besser ins Allgemeine fügen und so emotionsloser betrachtet werden.

»Liebe treibt ein Loch in den Geist, eine der transparenten Stellen, durch die man alles sieht«, sagte Nina.

»Durell?«, fragte Arthur, aber sie schüttelte den Kopf. »Nein, keine Ahnung von wem, aber nicht schlecht, Liebe kann hellsichtig machen.«

»Ich hatte eine Freundin«, sagte Harriet, »die sich aus Liebe das Leben nahm. Ihr Mann brachte immer Straßenbekanntschaften mit nach Hause. Eines Tages lag sie da, grell geschminkt und halb nackt, tot in der Wohnung, eher wie ein Clown anzusehen als wie eine der Frauen, in die sie sich verwandeln wollte, weil ihr Mann sie nicht liebte. Das Schreckliche war, dass sie kurz zuvor noch bei uns gewesen war und wir erkannten nicht, dass es ihr schlecht ging. Sie sah nicht anders aus als sonst und machte sogar einen Witz über ihre Ehe.« Harriet erinnerte sich, dass ihre Freundin zuvor lange gekämpft hatte, um ihren Mann wieder zu gewinnen. Sie wollte aufrichtig mit ihm sein, aber am Ende hatte sie bemerkt, dass er nichts von ihr wusste und sie nichts von ihm. Das hatte sie mit Entsetzen erfüllt und dann langsam mit der Kälte des Todes.

»Ihre Familie meinte, sie hätte ihren Tod wie eine Anklage gegen den Mann inszeniert«, sagte Bernward, »aber ich denke, es war eine Flucht ins Freie, um unabhängig von dem zu werden, den sie liebte. Nur noch sie selbst für sich, indem sie sich ihren eigenen Tod gab, sich als Tote maskierte, um nicht mehr erfasst zu werden als die, welche verstoßen worden war.«

»Treue ist notwendig«, sagte Harriet, »alles Unglück kommt davon, dass wir dem Verrat so zugeneigt sind.«

»Natürlich ist das eine schreckliche Geschichte«, sagte Arno. »Aber grundsätzlich muss man doch sehen, dass der Wechsel der Liebespartner nicht überall und zu allen Zeiten als Verrat galt. Es kommt auf die Konventionen an, die dort üblich sind, wo man lebt. Alles ist eine Frage der Definition. Man kann von Untreue sprechen, wenn man jemandem Treue versprochen hat und sich nicht daran hält. Aber das kann man nicht Verrat nennen. Es ist einfach ein zu gewichtiges Wort für unser Alltagsleben. Aber nehmen wir es, wie ihr es meint. Was ist überhaupt Verrat, was gebe ich auf, was verrate ich in all meiner Hektik tagtäglich? Ist es dann nicht auch Verrat, der Liebe nicht nachzugeben? Man kann es drehen und wenden, nicht zu verraten erfordert ein Festhalten, ein Verharren. Dabei wäre ein Verlassen des Altgewohnten zuweilen notwendig und gut, würde den Geist beflügeln – damit meine ich jetzt keine Person. Sondern wie wir uns verhalten, vor was wir uns ängstigen, was wir vermeiden und missdeuten, das müssten wir mal ändern. Und ändert man seine Überzeugung, ist das Verrat oder Entwicklung?«

»Doch es muss etwas Verlässliches geben, das wirst auch du meinen ...«, sagte Harriet und schwieg plötzlich, als sei es sinnlos weiterzureden. Bernward nahm sich zurück, weil er nicht zu Wort gekommen war und Nina mochte nicht mehr hinhören auf das, was Arno sagte, wollte ausbrechen aus der Enge des hier Definierten.

War Untreue Verrat? Als Arthur sie das erste Mal umarmt hatte, war ihr dies nicht in den Sinn gekommen. Es war von einfacher Selbstverständlichkeit gewesen, als ob sie ein Spiel begännen, wozu sie schon lange miteinander verabredet waren. Sie lachten viel miteinander, nichts war anstrengend, fraglich mit ihm.

Karla sprach jetzt langsam, als müsse sie die Trägheit überwinden, die sie spürte, dennoch klangen die Worte ganz verständlich, die sie sagte: »Es gibt ruhige Leidenschaften, vielleicht haben die etwas mit Stolz zu tun, auch mit Hochmut. Stolz ist altmodisch vornehm, etwas fast Vergessenes, wenigstens in der öffentlichen Wertung ...« Sie schwieg, als hätte sie schon zu viel gesagt, wollte sich auch nicht so hervortun und griff zum Weinglas, mit einer Geste, mit der sie früher, als sie noch rauchte, zur Zigarette gegriffen hatte, um etwas zu tun zu haben.

Arthur nahm es ihr wie zufällig aus der Hand. Nina beobachtete diese Bewegung und sie fiel ihr auf, weil sie so erstaunlich rund und sanft war, von einer zurückhaltenden Höflichkeit. Sie hatte das früher schon bemerkt und wahrscheinlich hatte sie sich zuerst in seine Hände verliebt. Aber erst in diesem Moment kam sie darauf, dass diese ruhige, sich an den anderen wendende Geste sie erinnerte an die Handhaltung einer aztekischen Figur und deren weiche Bewegung, die selbst im Verharren deutlich wurde. Diese Geste eines beschwichtigenden Gottes, in dessen offenem Körper die Leber wie eine große Blüte hing, hatte die gleiche einnehmende Behutsamkeit gehabt. Weswegen sie auch nicht glaubte, dass dies der Todesgott sein sollte, obwohl man es ihr sagte. Es sei denn, der Tod wäre in seiner zärtlichen Hinwendung Teil des Lebens und beende nichts, sondern befördere etwas, das von ihm hinweisend begleitet wurde. Kein Schlag mit der Sense, kein finaler Schuss, sondern eine weiche Bewegung des Auffangens und Weiterleitens.

»Wir werden das alles besprechen. Manches ist nur eine Sache der Interpretation, auch des Verständnisses miteinander«, sagte Arno.

Nina wollte eingreifen. War das wirklich so? Alles Interpretation, Auslegung, zerlegt in Worten alles? Aber nein, keinen Dialog jetzt. Nicht reden, nicht reden, dachte sie. All das falsch Gesagte, immer wiederholt, anders gesagt und widerrufen. Der Versuch, aus dem Gesagten herauszukommen, das einen bindet, mit Worten festhält, die nicht rechtzeitig zerfielen, zu Zeugen aufgerufen werden – wenn auch vielleicht schon vom Sprechenden vergessen, und die doch nicht verloren gegangen sind. Sei still, nicht reden. Nicht mehr mit Worten ist zu lösen, was zu sagen war. Nina wollte das sagen, aber sie wusste doch, dass es störend war, wenn sie dies laut jetzt äußern würde. Also nicht sprechen von den Erfindungen, die sie für sich machte, um sich zu lösen aus den Gedanken, die sie festhielten, die Anstrengungen, um herauszukommen aus vorgefassten Bindungen, zur Akzeptanz dieser Freiheit. Auch im Wissen, dass sie sich fürchtete, vor dem Verlassensein, dem Ungeschützten, sich selber überlassen, der Enge in die sie kam, wenn sie sich nicht anderen öffnete, teilhatte an der Welt … Das klang so allgemein, aber hier ging es viel konkreter um den Nächsten und um das Frieren alleine. Nicht reden. Ist reden nicht klärend? Sprich es doch aus. Nein, lieber schweigen. Was für Krötenwörter manchmal aus dem Mund dessen kommen, den man liebt. War es nicht gut, vorher? Er hätte nichts sagen sollen. Sie wäre zu kompliziert, sagte er. Ja, er selber einfach, wie er sagte. Als ob das wahr wäre. Und dann dieses lächelnde Darüberweggehen, seine Vergesslichkeit und dieses lässige Eingestehen: ja, ich höre dir oft nicht zu. Und die zärtliche Umarmung dabei, als wäre alles wortlos gut wie sie miteinander lebten, einer des anderen gewiss. Also nicht reden, nichts mehr sagen, auch nicht um abzulenken, zu überdecken das Schweigen. Den anderen ansehen, was kann er verstehen, was ist ihm möglich? Das Alleinsein schon lange gewusst, muss nur noch angenommen werden. Die Gedankenlosigkeit beim Sprechen, die alles enthüllt. Nichts mehr klären, festlegen, erreichen, deutlich machen, einfach ruhig sein, sich verschließen. Sei doch froh, dass es nichts Ernstes war, sagte er, nachdem er sie betrogen hatte damals. Wie war das zu ertragen? Es ist schwer, sich deutlich zu machen, besser nicht reden. Nicht das ewige Sprechen im Gegensatz, nicht weil du dies sagst, sage ich das. Nicht dieses Pingpongspielen, ich will das und du das nicht. Ich beteuere, ich verneine, ich sage, Ja. Nicht reden, es ist nicht zu klären. Vergiftet von Worten ist das Haus, von Gedanken, die nicht gesprochen werden dürfen. Würde sie das sagen, fielen die Worte schwer auf sie zurück, da sie nicht aufgenommen wurden. Die Wiederholungen ohne Antworten. Nur immer wieder die Hoffnung, alles möge gleich wieder sein wie bisher und sie handlich, freundlich sprechend. Der eine Mensch betrogen und immer die Rechtfertigung des anderen: Es war nicht von Bedeutung. Die Worte waren der Absturz. Hörst du die Nachrichten, draußen ist die Welt, schalte sie ab, kommentiere sie nicht. Der Betrug wird zur Norm erklärt. Warum bist du nicht fähig, die Ohren zu verschließen, nicht nur den Mund, die Sinne. Nicht reden. Das eigene Einmalige kann gesagt werden, für den anderen sind es nur abschweifende Gedanken, so laufen sie ins Leere und besser, sie hätte sie für sich behalten. Dies Sprechen war eine Sucht, die Sucht ist die Unfähigkeit satt zu werden, weil es kein Ufer gibt, keine Abgrenzung. Alles immer so ausufernd weitergeredet. Von wegen *Am Anfang war das Wort*. Es war der Buchstabe, das einzelne Zeichen und so verbindlich für uns alle, dachte sie. Da gab es den Prediger und Kabbalisten, den Rabbi Elijahn Kohen aus Smyrna, der schrieb im achtzehnten Jahrhundert, es stände nicht geschrieben: *Am Anfang war das Wort*, sondern: *Am Anfang waren die Buchstaben*. Sie seien von dem Allmächtigen den Menschen zur Verfügung gestellt worden. Und diese Buchstaben bilden Worte, je nach der Art, wie die Sprechenden sich in der Welt verhalten. So bildete sich das Wort TOD erst nach dem Sündenfall, als der Tod in die Welt getreten war, und es ist denkbar, heißt es in der Schrift von Rabbi Kohen, dass auch dieses Wort sich wieder auflöst und die Buchstaben andere Worte bilden werden dann, wenn etwas anderes durch Menschen geschieht, das benannt werden muss. Eindeutig, wie ein biblisches Urteil, wird so festgelegt, dass jeder frei ist in seinen Handlungen. Aber welche Worte sich aus diesen Handlungen bilden, steht nicht in seiner Macht. Nina gefiel diese Vorstellung, sie gab den Menschen die Verantwortung für die Sprache, so dass sich auch ein anderes Wort für Liebe bilden könnte aus all dem, wie Menschen miteinander umgingen und sie hätte gerne gewusst, wie es denn wohl klingen würde und zu leben wäre: dieses Wort und dies Lieben.

Nicht reden, dachte Nina, kein Wort mehr, nichts wird geklärt dadurch. All die abgenutzten Worte, Keimlinge ohne Zukunft, zerfallen, zerredet jeglicher Sinn. Sie hörte den Freunden zu, wie sie über alles sprachen und alles wieder in Sprache einwickelten. Nicht reden, oh nein, nicht reden, aufhören, wollte sie schreien, aber hier redete man jetzt mit höflicher Stimme miteinander, immer eingebunden in die alte Vertrautheit, alle so vor sich hinredend und aus Gewohnheit annehmend, sie erreichten den anderen. Doch wussten sie, dass die Vertrautheit vor allem ihrer Anwesenheit galt, nicht den Worten, die sie austauschten.

Sie aßen und tranken und tranken sich zu und offenbarten sich und verdeckten dies wieder mit anderen Worten. Es war wie immer und Karla sagte: »Ich werde dies alles in Erinnerung behalten.« Die Teller wurden abgeräumt und Wein gebracht von einem Kellner, der ernst und würdig auf ihre Reden nicht achtete. Als er davonging, sagte Arthur im Ton einer geheimen Botschaft: »Sieht er nicht aus wie Schigaljow? Ihr wisst, wie er beschrieben wird? ›Schigaljow sah so aus, als erwarte er den Untergang der Welt, und dies nicht in unbestimmter Ferne, sondern ganz bestimmt, etwa übermorgen früh, genau 25 Minuten nach zehn.‹ Seht ihr ihn nicht vor euch? Ist er es nicht wirklich, und sind wir nicht immer umgeben von Figuren, die nicht leiblich sind?«

Nina lachte und er sagte zufrieden: »Siehst du, jetzt geht es dir schon besser.«

Aber es ging nicht besser. Sekundenlang, so wie man sagt, dass man im Augenblick des Todes in einem winzigen Bruchteil eines Augenblickes, so kurz wie ein Lidschlag, sein Leben erinnert, Stationen, Momente, die in Wahrheit lange andauerten, so kurz fühlte sie den Schmerz, der sie damals bedrückt hatte, diesen echolosen Schmerz, als laste er noch immer auf ihr. Alles war wieder gegenwärtig, was sie lange überwunden glaubte. Sie sah Judith und Arno, wie sie sich über den Tisch zueinander beugten. War es ein Laster, untreu zu sein? Sie hörte wie Arno die Amour passion verteidigte, wozu man nichts kann, wie er sagte (hatte er dies nicht zuvor schon gesagt?), sie schlüge wie ein Blitz ein. Alles wieder und wieder gesagt. Früher hatte sie ihn den Unerreichbaren genannt, eben in der Zeit, als sie noch einer romantischen Vorstellung nachhing, jeder könnte immer und ewig dem anderen nah sein, bis sie begriff, dass dies ihnen beiden nicht passend war. Gerade dies war doch das Geheimnis, das Wissen um den Fremden im anderen, das Akzeptieren des Unerreichbaren und ihn gewähren lassen. Und doch immer das ständige Verlangen, der andere möge einen verstehen. Aber der andere reagiert nur auf den Teil des anderen, den er versteht, den er braucht. Die ewige Spannung, das Isoliertsein von jedem, in sich selber eingeschlossen, und dann sendet man und sendet … Nina begann zu lachen und hätte den anderen gerne gesagt, warum sie plötzlich auflachte. Weil es auch komisch war, dies ständige sich Aufrichten und Winken und Signale senden. Und es ergriff sie Zärtlichkeit wieder für Arno und für ihre Freunde und auch für Judith, eine bewundernde Zärtlichkeit, weil sie alle so verschieden waren, so lebendig anwesend, so verletzbar und stur. Empfindliches Gleichgewicht, immer auf Messers Schneide: die Aufmerksamkeit und das Zurückweichen, das Weggehen wollen und Bleiben. Es hatte lange gedauert bis sie begriffen hatte, dass keiner dem anderen gehört, dass jeder frei sein muss. Es hatte lange gedauert, denn da war ja nicht nur die Entdeckung des Verrates gewesen, sondern schlimmer noch sein Leugnen, seine Härte, als sie ihn nach der Frau fragte, mit der er sie betrogen hatte.

Er stritt alles ab und schwor, es wäre nichts, und sie hatte doch die Belege des Hotels in der Hand, von denen er nichts wusste. Noch zeigte sie ihm diese nicht, sondern bettelte und flehte, er möge ihr von sich aus sagen, was geschehen war. Hatten sie einander nicht immer vertraut, hatte das Vertrauen nicht gegolten, war eine Schimäre gewesen, galt nur einseitig, war falsch gewesen, was gut erschienen war? Er wurde wütend, als sie insistierte, mit ihm stritt und weinte. Er leugnete alles, denn er wusste nicht, was sie wusste und was er so zugeben und was er für immer verschweigen konnte. War das ein Zeichen, dass er den Bruch mit ihr nicht wollte? Behalten wollte, was er besaß, nichts aufs Spiel setzen wollte? Daran dachte sie damals nicht. Sie wusste nur, dass etwas zerstört wurde in diesem Augenblick, in dem er so zornig sie anbrüllte und darauf beharrte, nichts zuzugeben, bis sie ihm den Beweis zeigte und er dies treffend klein reden konnte und sie entsetzt über ihn schwieg und nichts mehr hören wollte. Es war, als hätte sie sich gar nicht an ihn gewandt, den sie kannte, den sie liebte – in jeder Zelle ihres Körpers war eingelagert das Gedächtnis so vieler Nächte und Tage –, sondern an einen Fremden, von dem sie wünschte, er möge reagieren, so dass sie wieder aufatmen könnte, begreifen könnte, dass sie nicht ausgestoßen jenseits aller Nähe blieb. Die Kränkung, erkannt und verworfen zu sein, sich geöffnet zu haben und nun entblößt, ungeschützt. Und wieder sich einhüllen, mühsam sich bedecken wie mit einer zu kurzen Decke. Die Scham darüber, dass es nicht schnell genug geschah dies Einwickeln und Zudecken und die Bedürftigkeit sichtbar blieb, unverständlich die Abgrenzung. Gekündigt die Verbindung, sie sollte nicht mehr vorhanden sein, wurde aufgelöst. Negiert wurde das Gewesene. Er irgendwo anders, unerreichbar. Das war der Bruch, der sie verzweifeln ließ. Es dauerte lange, bis sie erkannte, dass sie von falschen Voraussetzungen ausgegangen war, bis sie verstand, was es heißt, ein anderer zu sein.

Nie wieder würde es so sein wie zuvor, weil er sie am Boden liegend hatte schreien lassen, nur an seine Verteidigung denkend, ihr Feind, der sie demütigte, der keinerlei Nähe mehr zu ihr hatte. Nichts schien geblieben zu sein von der Vertrautheit der vielen Jahre, sie hatte nur den Schmerz gespürt, der ihr den Atem nahm, der sich im Kopf ausbreitete, hart und fordernd, als wäre sie niedergeschlagen worden. Brennend dumpf der Schmerz und nicht vorübergehend, anwesend selbst in der Nacht, als läge sie unter dem

Gewicht eines Unheils, das sich gefährlich lastend über die Schlafende schob, und sie durfte sich nicht bewegen, damit es sich nicht verstärkte und sie erdrückte. So hatte sie nur vorsichtig leicht geatmet, immer in der Hoffnung, der Schmerz würde sie plötzlich wieder verlassen, ohne zu erkennen zu geben, warum er da gewesen war und warum nun fort. Aber nein, so nicht hier. Dieser Schmerz war kenntlich, sie wusste woher er kam, sie wusste er würde nicht weichen, nicht fortgleiten und sie plötzlich freigeben, so dass sie sich einbilden könnte, alles sei nur ein Traum gewesen, ein Alptraum, ohne Ursache und Wirkung, weil ohne Namen. Dieser Schmerz, der sofort mit dem Erwachen einsetzte, ja schon vorher da war, sich in den Schlaf drängte, in diese Phase der Unachtsamkeit zwischen Schlaf und Wachen, in der Tagdämmerung. Spürbar schon, bevor der Erwachende wieder erinnerte was ihn auslöste. Der Schmerz eilte dem Erwachen voraus wie der Schatten dem Licht, wenn es im Rücken des Gehenden war, das Licht der vergangenen Zeit, in der alles noch so gut erschien, friedlich und ohne Störung. Und schlagartig war erkennbar – noch bevor man sich seines Körpers vergewissert hatte, der im Halbschlaf sich aufrappelte –, dass es der Verlustschmerz war, dieses dumpfe Gefühl, als würde unter den Schlägen schwerer Hämmer der Tod schon eingetrieben in den Körper. Wobei es möglich war, dass der Schmerz auch den Schläfer geweckt hatte, immer im Schlaf anwesend blieb und auf seine Stunde gewartet hatte, in der er sich ausbreiten konnte, vertiefen, weiterfressen, weil er nicht so lange unbemerkt sein wollte. Auch der Schmerz musste beobachtet und geachtet werden wie es die Liebe zuvor war. Er ließ nicht nach, bis der

Körper sich allem verweigerte und am Ende nichts mehr da sein würde als Materie, die vergehen musste – und die doch einst so geliebt wurde.

Wie lang die Minuten sein konnten, wie sie scheinbar auf der Stelle verharrten, sich in nur langsamen Atemzügen voranschoben. Und was heißt schon voran. Irgendwohin auf der abfallenden Ebene meiner Zeit, dachte Nina. Sie erkannte den alten Schmerz wieder. Noch unverbraucht kam er hervor. Sie wollte ihn abwehren, nicht erinnern, was ihn ausgelöst hatte. Aber die Szene war schon anwesend, welche ihrer Trennung von Arno vorausgegangen war. Plötzlich war der Schmerz wieder da. Sie eingesperrt in den Schmerz und es nützte nichts mehr, sich blind und taub zu stellen, sie wusste, sie entkam ihm nicht. Arno hatte sie mit Worten getroffen, schlimmer, als wenn er sie geschlagen hätte. Sie hatte nicht begriffen, dass er es war, der dies tat. Er, der vor gar nicht langer Zeit ihr so nah gewesen war. Sie war unfähig gewesen, sich zu wehren, verharrte oft lange unbeweglich, in sich eingekrümmt, nachdem er sie verlassen hatte. Im Radio spielten sie zu der Zeit oft dieses blöde Lied – wie gut sie sich daran erinnerte: *Niemals ganz alleine, ich immer dein, deine Küsse nie vergehen …* Und gerade dieser Schlager machte ihr deutlich, dass sie das Übliche erlebte. Ihre Situation war unwürdig gewesen, ja albern und so ganz und gar gewöhnlich. Ihre Liebe war keine Ausnahme, nicht etwas so Besonderes, wie sie immer geglaubt hatte. Überall geschah Ähnliches. Es war das Verlassenwerden eines Menschen von einem anderen und das war bekannt. Was also regte sie sich auf. Und doch hatte sie das Gefühl gehabt, der Körper wäre zerhackt worden auf einem riesigen

Brett und eine alte Köchin wische mit fetter Hand die Teile vom Holz in den Abfall.

Es war die Urszene aller Schrecken, an die sie dachte, über die sie aber jetzt nicht sprechen wollte. Diese Urszene, als sie so feindselig starr von Arno angesehen worden war. Es war der Moment gewesen, in dem sie ihn immer wieder bat, ihr die Wahrheit zu sagen, mit wem er sie betrogen habe, und in dem er immer wiederholte, es gäbe nichts zu sagen, es wäre nichts geschehen. Und dabei war sein Gesicht plötzlich ein anderes, abweisend fremd geworden, als würde sie ihn belästigen. Doch hatte sie ihn nicht mal angefasst. Trotzdem machte er eine Bewegung, als müsse er sie von sich abschütteln. Das Unheimliche war, es gab keinen Zugang zu ihm. Sie war wie eine Bettlerin auf der Erde vor ihm gewesen, der sie mit herrischer Bewegung von sich gewiesen hatte, so als wollte sie ihn am Weitergehen hindern. Und dies nicht nur einmal, sondern in Folge der Tage mehrmals, immer wieder diese gleiche Szene. Es erschien ihr jetzt vollkommen gespenstisch und unwahrscheinlich, aber es war so gewesen. Es war der Mund, den sie oft geküsst hatte, der ihr jede Vertrautheit verweigerte. Es war der Urschrecken im Verhältnis zu einem anderen Menschen. Da war einer, der ein menschliches Gesicht hatte und doch ungerührt die Hilfeschreie eines anderen anhörte, der ertrank, erstickte, vor seinen Augen vor Schmerzen schrie und doch machte er keine Bewegung zu helfen, um den Schrecken zu mildern, den er selber ausgelöst hatte. Kalt beobachtete er ihre Verzweiflung, bedacht sich selber zu schützen, seine Position zu wahren. Eine Szene, wie sie überall vorkam, die aber den schönen Glanz vernichtete, den sie jetzt noch an Judith so bewunderten.

»Elf Uhr dreißig!«, rief eine Stimme vom Nachbartisch anderen Leuten zu und sie hörten es mit, weil sie so durchdringend laut klang. »Nur noch eine halbe Stunde dies alte Jahr. Beeilt euch, wenn ihr es noch feiern wollt, noch nachdenken über das, was es euch brachte und Neues euch überlegen wollt für das kommende. Aber keine guten Vorsätze, sie sind so töricht wie Vorwürfe.«

»Wohl wahr«, sagte Arno »lassen wir uns frei davon.«

Arthur wollte Arno danach fragen, wie er sich denn die Zukunft nun vorstelle mit Judith: »Es muss wohl etwas geklärt werden …« Dann sprach er nicht weiter, weil er Judith ansah und unter ihrem Blick sich all seine Überlegungen auflösten … »Ich meine, ihr solltet alles noch mal bedenken und natürlich gibt es das Recht …«, und er unterbrach sich wieder, was bei ihm ganz ungewohnt war.

»Das musst du verstehen, wir werden nichts schnell entscheiden, aber es könnte Veränderungen geben«, sagte Arno zu Nina, und er merkte, dass ihn all diese Komplikationen anstrengten und er am liebsten flüchten wollte. Und er hatte Recht, sagte sie sich, Veränderungen waren normal. Es war doch schon lange her, dass sie gerufen hatten, Arno und Nina, so wie Judith nun immer wieder zu rufen schien, wenn auch nicht hörbar, ich und Arno, Judith und Arno. Ah, allmählich vergessen wäre gut. Und dann wieder die Beteuerung wechselseitig: Ich liebe dich immer und ewig. Vielstimmig war dies für Arno gewesen, so war es auch an der Zeit für sie, mehrere Arten von Liebe anzunehmen, nichts göttlich Vollkommenes zu erwarten, sondern etwas irdisch Lebendiges. Sie wollte kein Anrecht mehr darauf haben, dass er sich preisgab und niemals hatte sie später mit ihm über diese Szene der Teilnahmslosigkeit gesprochen. Sie hatte versucht, diesen Verrat zu vergessen, so wie man versucht, den Tod zu vergessen, und als er nicht zu vergessen war, hatte sie beides angenommen als etwas, das zu ihrem Leben gehörte.

Sie lernte für sich zu sein und es erschien ihr immer angemessener, denn war sie nicht auch allein in ihrer Haut, mit jedem Schritt für sich allein, und hatte doch lange Zeit angenommen, das Ziel ihrer Schritte wäre er. Und dabei war sie begleitet gewesen von einem Chor weiblicher Stimmen, trunkene Klagen von der Sappho bis hin zur Bachmann. Sie alle hatten geschrieben mit der wilden Verzweiflung über die Unmöglichkeit der Hingabe, des Bewahrens der Liebe. Da war die Frau gewesen, allein im obersten Stockwerk eines Hotels in Manhattan, in einem Zimmer, wohin sie sich mit dem Geliebten zurückgezogen hatte, euphorisch liebend und nur dies immer stärker wünschend. Am Ende verbrannte sie allein an ihrer Liebe, das Feuer war nicht zu löschen, während der Geliebte unten auf der Straße die Zeit mit anderen Männern verplauderte und vergaß, rechtzeitig zurückzukommen. Aber Nina würde nicht verbrennen, sie nicht mehr. Sie würde nicht mehr immer und ewig sich einhängen in den Arm eines Mannes. Nicht umsonst hatte Arno so oft zitiert *Auf der Spitze des heiligen Feuers kann man nicht wohnen*. Es galt nur, die eigenen Vorstellungen zu ändern, so konnte man dazu kommen zu denken, dass es merkwürdig war, Treue zu verlangen, Rechte zu beanspruchen … alles musste freiwillig geschehen. Für Arno war immer selbstverständlich gewesen, allein mit sich zu sein. Sie lernte es erst wieder.

Bevor sie ihn getroffen hatte, war sie es ja selber gewesen, hatte dies auch so gewollt, im Offenen leben.

Als junges Mädchen hatte sie die Aufführung eines Stückes von Strindberg gesehen. *Ostern* hieß es, wenn sie sich nun richtig erinnerte. Das Ganze war ihr sehr klaustrophobisch und verrückt vorgekommen. Sie hatte im Theater gesessen und nicht verstanden, warum die Personen im Stück so aufeinander bezogen, wie eingeschlossen miteinander, endlos diskutierten und nicht voneinander loskamen. Warum sie sich unentwegt quälten, ohne dass einer endlich die Türe öffnete und laut rief: Wir können hinausgehen, wir müssen nicht beieinander bleiben. Seht nur, wie draußen die Welt ist! Sie hatte damals als Einzige im Zuschauerraum immer wieder lachen müssen, so absurd war ihr das Verhalten der Menschen dort oben auf der Bühne vorgekommen. Es erschien ihr lachhaft, von einem anderen zu fordern, was er nicht geben konnte und zu verweigern, was er brauchte. Sie wollte diese Eskalation von Verweigerung und Gewalt und Gegengewalt, von Demütigung und Rache nicht mitmachen, niemanden abhängig von sich halten oder selber abhängig von ihm sein.

Ja, sie war wütend über Arnos Untreue gewesen und gekränkt, aber dadurch hatte sie auch entdeckt, dass sie nicht mehr gebunden war. Sie nahm es als Chance und das veränderte sich auch nicht mehr und musste sich jetzt beweisen.

»Wenn man die Grenze nicht erfahren hat, entwickelt man falsche Vorstellungen. Man meint, man schwimmt im Meer und ist doch nur im Aquarium«, sagte sie jetzt zu Arno und von Bernward war das kurze trockene Lachen zu hören, wobei man nie wusste, ob er sich wirklich amüsierte.

Es war eine Überraschung, als Harriet jetzt einen Frosch aus ihrer Tasche holte und ihn auf den Tisch setzte. Ein goldgrün glänzender Metallfrosch, der quakte, kaum dass sie ihn angestoßen hatte. Blechern scheppernd begann er großartig mit einem Sprung, so als würde er gleich fliegen und jedes Mal glühten seine Augen, wenn er dann nur kurz hüpfte.

»Ein Prototyp«, wie Harriet sagte, »angefertigt für einen Trickfilm in der Fernsehserie ›Kinder zur Nacht‹, den wir vielleicht in Serie produzieren wollen, falls er berühmt wird.«

Ein vergnügliches Spiel, ein Frosch auf ihrer Tafel, der still saß und die Augen rollte, wenn er an einen Teller stieß, dann sich um wenige Grad selbstständig drehte und weitersprang, bis er wieder verharrte. Sie alle lachten und waren kindlich erleichtert und betrachteten ihn. Ein Frosch. »Froschkönig«, sagte Karla begeistert. Und er quakte und rollte die Augen und sprang weiter und blieb vor ihrem Glas stehen und sie lachte. Der Frosch drehte sich um, hüpfte weiter, die wenigen Passagen auf dem Tisch nutzend, die zwischen den vielen Tellern und Gläsern frei waren. Harriet sah vergnügt aus, als hätte sie zur Klärung der Situation etwas beigetragen, einen Knoten gelöst, der unentwirrbar geworden war.

Arno atmete auf, jetzt kamen sie zurück auf die Ebene des Spiels, die er liebte. Er mochte das Unbeschwerte, liebte auch deswegen Judith. Er wollte es ihnen noch einmal erklären, die da saßen mit ihm am Tisch, warum er von Judith nicht würde lassen können. Es war der Versuch etwas Verlorenes zurückzugewinnen. Sie holte ihn aus der täglichen Geschäftigkeit heraus, in der das Leben wie ein Fluss versandet – und dies bei ständig erhöhter Geschwindigkeit aller Bemühungen voranzukommen, diesem immer schnelleren Rudern im versandeten Fluss. Dabei wusste er, dass es gar nicht darauf ankam und nichts zu erreichen war mit der sich steigernden Hektik, die ihn nur sinnlos in paradoxen Bewegungen gefangen hielt, die sich wie zwangsläufig selbst perpetuierten. Aus all dem hatte Judith ihn gerissen, zurückgebracht zum Beginn. Plötzlich kamen ihm Gedanken, die ihm selber ungewohnt waren, erkannte er die Möglichkeit von Situationen, die Welt belebte sich. Nichts war wie zuvor, weil er alles nun begriff als Teil der Schöpfung, die auch sie hervorgebracht hatte, Judith.

»Weil sie da ist, entdecke ich vieles wieder und neu«, sagte er.

Es kam Nina sonderbar vor, dass Arno über Judith sprach, während sie doch mit ihnen am Tisch saß und zuhörte. Er sprach über sie, als ob er mit den Freunden über eine Abwesende redete, der er verbunden war. So sehr war er damit beschäftigt, von ihrem Einfluss auf sein Leben zu sprechen, dass er sie kaum wahrnahm.

Ahnte Judith, was in den Köpfen der Freunde vor sich ging? Sie bedauerte, dass hier nicht getanzt wurde. Das wäre ein anderes Fest geworden. Aber alle Gäste im Raum saßen ruhig beieinander um die Tische herum und bewegten nur beim Sprechen ihre Körper, schlugen mal die Beine übereinander, wenn sie den Stuhl fortrückten vom Tisch, lösten sie wieder voneinander und kehrten näher an den Tisch zurück. Ein Tischballett, kein freier Tanz miteinander, gelöst die Körper, einer Musik folgend, wie Judith es sich wünschte. Aber sie sagte es nicht, denn jeder schien wie gebannt in dieser Situation zu sein, allein mit seinen Überlegungen, den Erinnerungen an Vergangenes und den Plänen für Kommendes, wartend darauf, dass bald die Uhr hinter der Theke zwischen der Tür zum Büro und der Klapptür zur Küche mit einer sehr kurzen ruckhaften Bewegung der Zeiger die Gegenwart des Jahres 2004 beenden würde. Judith hätte gerne mit Nina gesprochen. Sie hatte sich ein anderes Bild von Arnos Frau gemacht und war überrascht, dass sie in nichts dieser Vorstellung glich. Mehrmals hatte sie versucht, Ninas Aufmerksamkeit zu erregen. Aber es war ihr nicht gelungen und schon gar nicht, in ein Gespräch mit ihr zu kommen. Denn selbst als Nina sie zwei oder drei Mal direkt ansprach, hatte sie nicht vermocht etwas zu antworten. Und dann wiederum, und sie hatte es genau beobachtet, war Nina so für sich gewesen, so abgewendet von allen, dass sie nicht mal bemerkte, wie sie von Judith beobachtet wurde und wie die Jüngere immer mehr Gefallen an ihr fand. Judith hatte sich getäuscht oder Arno hatte sie getäuscht, als er den Eindruck erweckte, er sei frei zu tun und zu lassen, was er wünschte. Er hatte von Nina gesprochen wie von einer ihm entfernten Frau, die konstant in seinem Hintergrund existierte, aber auf jeden Fall niemand war, der seinem Wunsch mit ihr zu leben entgegenstehen könnte. Noch war ihr das ein Rätsel. Aber es würde sich klären.

Sie sah, dass auf dem Tisch der Frosch stumm sitzen geblieben war mit weit geöffneten Augen, grüngold glänzend die metallene Haut und niemand achtete auf ihn. Und sie sah, wie Harriet jetzt die Puderdose aus ihrer Handtasche holte, sie öffnete und sich die Lippen nachschminkte, und dann noch einen Augenblick länger ihr Gesicht in dem kleinen Spiegel betrachtete, in dem sie ihn hin und her bewegte. Ein Seufzer und ein kurzes metallisches Klicken und die Dose wurde wieder geschlossen. Und sie hörte jetzt, wie Arthur von der Sehnsucht jedes Einzelnen sprach und der Zwangsläufigkeit der Ereignisse und wie begrenzt sie doch alle in ihren eigenen Entscheidungen seien. »Und dann der Raubtierhunger des Wandels«, sagte er und sah Nina herausfordernd an. »Diesmal ist es wirklich ein Zitat von Durrell.« Und sie sah, wie Nina lachte.

Porchierter Schokoladenkuchen mit Aprikosensorbet wurde gereicht, köstlich angerichtet mit karamellisierten exotischen Früchten, die die besondere Aufmerksamkeit der Freunde erweckten.

»Welch ein Luxus, seht ihr«, sagte Bernward, »wir finden das immer so erstaunlich faszinierend. Aber schon im Altertum hatte man Gewürze und Früchte, die aus fernen Gegenden kamen, das ist gar nichts Neues. Es gab immer das verfeinerte Exquisite. Nur vielleicht verstehen wir es gar nicht mehr, exquisit zu genießen. Wir sind nachlässig geworden. Die Fähigkeit zu genießen ist etwas abgestumpft und das in allen Dingen. Man müsste sich für alles mehr Zeit nehmen.« Und er sah Harriet an: »Zum Beispiel weiß ich, ein Leben reicht nicht aus, um sie zu lieben.«

»Keiner widerspricht dir, es geht wirklich alles zu schnell. Auch ich hetze oft nur herum. Aber da ist der ständige Druck, weil es immer so viel Dringliches zu tun gibt, das gemacht werden muss, warum auch immer«, sagte Arno und hatte auch jetzt diese Empfindung der Eile und des möglichen Verlustes, da er davon sprach. Obwohl sie doch ruhig hier saßen und der Zeiger der Uhr immer noch im gleichen Rhythmus voranrückte, Minute um Minute. Während die Kellner die Gläser vorbereiteten, damit die Gäste um Mitternacht miteinander würden anstoßen können.

Es war auch die Zeit, in der die Frau des Wirtes im Büro am Computer saß und die Suchlisten im Internet aufrief. Die Namenslisten derjenigen Opfer in Sri Lanka, die schon gefunden worden waren, tot oder lebendig. Eilig ging sie die alphabetisch geordneten Namen durch, stockte an der Stelle, wo der gesuchte Name hätte auftauchen müssen, ging vor und zurück, als müsse man ihn zwingen dazwischen zu springen und sich zu melden. Der Name des Sohnes, dieser einzige für sie jetzt bedeutungsvolle Name.

»Aber er fehlt. Warten wir ab, noch gibt es keine Nachricht«, wie der Wirt sagte, der ihnen jetzt einen Dessertwein brachte. Er stand eine Weile bei ihnen und sprach über den Wein, als ob ein anderer aus ihm spräche, er doppelt anwesend wäre. Der eine, der in Gedanken bei dem war, was jetzt im Büro geschah und was seine Frau herausfinden würde, und der andere, der herumging und den Wirt spielte, der er immer gewesen war. Bernward sprach nun direkt von dem Sohn. Er hatte ihn einige Male früher im Restaurant gesehen, erinnerte seine Gestalt, seine Freundlichkeit. »Er war immer sehr hilfreich, unser Sohn«, sagte der Wirt. »Vielleicht hilft er jetzt dort und vergisst darüber, uns Bescheid zu geben. Auch wäre denkbar, dass er die Küste schon verlassen hatte, bevor es geschah, und nur noch keine Möglichkeit fand, sich zu melden.« Sie besprachen die Möglichkeiten, wiederholten sie. Der Wirt hörte ihnen zu. Es war nicht erkennbar, ob ihn die beruhigenden Worte erreichten. Sie hatten Mitleid. Welch ein Wort: Mitleid. Hier trat so deutlich das Wort Leiden hervor, während die Leidenschaft ihnen doch als etwas Willkommenes erschien. Ihr Part war nun der des Mitleidens und sie fühlten sich ohnmächtig, nicht gut genug für ihre Worte, die sie durch keine Handlung bestätigen konnten.

Der Wirt richtete sich auf, als ob ihn sein Rücken schmerzte und ging dorthin zurück, wo seine Frau am Bildschirm saß. Offen blieb die Tür zu den Gästen. Da wurde der große Saal einen Augenblick lang zu einem unbedeutenden Vorraum für das kleine Büro, das sich durch die Nachrichten überfallartig endlos öffnete und die Küsten von Indonesien, Thailand, Sri Lanka und Indien aufnahm. Alles wurde mikroskopisch klein, was um die Freunde herum war.

»Das Großartige ist die Solidarität der Menschen jetzt«, sagte Harriet, »es gibt mehr Hilfsangebote als man brauchen kann.«

»Wenn die Natur tötet, ist das so«, erklärte Bernward. »Anders ist es, wenn Menschen Menschen ermorden, dann wird Partei ergriffen und da gibt es dann die Zurecht-Getöteten und die zu Unrecht-Getöteten.«

»Ich würde lieber von einer Welle erschlagen werden als von einem Menschen«, sagte Arthur. Aber Bernward wandte ein: »Mit einem Menschen kannst du verhandeln, er kann dich auch laufen lassen, wenn er will.«

»Wir entscheiden uns in jedem Augenblick«, sagte Arno.

»Und wie stellst du dir die Zukunft vor, ich meine

die nächste Zeit?«, fragte Bernward etwas ungeduldig. »Du wirst dir gut überlegen müssen, was du wem versprichst.«

»Erst mal werde ich wie geplant nach Madras fliegen oder Chennai, wie es nun heißt«, sagte Arno und hielt sich damit an die Realität seiner Termine.

»Schon gut, aber trotzdem wirst du es dir bald überlegen müssen, wie es mit dir und Judith weitergehen soll«, sagte Bernward und Arno nickte zustimmend und wusste doch, die Überlegungen haben eine träge Kraft und versuchen immer wieder alles in gewohnte Bahnen zurückzubringen. Er war in Gedanken schon in Madras und erinnerte das Meer, wie es langsam vom eigenen Atem bewegt an das Ufer heranrollte und wie das Wasser den Körper umfing, wenn man hineinging, eintauchte, als käme man in ein Element der Urzeit zurück. So hatte er es empfunden und so Judith erzählt, der er versprochen hatte, sie dorthin mitzunehmen.

Es lag jetzt an Nina, etwas zu sagen. Sie zögerte, es war, als würden die anderen von ihr erwarten, sie könne die Farbe bestimmen, die dieser Abend in der Inszenierung der Erinnerung später haben würde. Vielleicht Gelb, so dass es am Ende doch ein heiterer Abend gewesen wäre, oder Lila, um an den pathetischen Absturz zu erinnern ... Nein, sie wählte Rot, weil sie Judith so erstaunlich fand. Judith, die keine Initiative von Arno abgewartet, sondern sie von sich aus ergriffen hatte. Und es war ihr plötzlich leicht ums Herz. »Liebe ist vogelfrei«, sagte sie, »man kann sie nicht als Besitz ansehen.«

Vor wenigen Nächten hatte sie einen Traum gehabt. Vielleicht war es in einer dieser Nächte gewesen, in der Arno mit Judith spazieren ging und sie nichts davon gewusst hatte, aber warum sollte sie das auch. Sie hatte geträumt, und sie versuchte sich jetzt zu erinnern, was ihr so wichtig daran gewesen war. Sie hatte geträumt, dass sie eine Nachricht überbringen sollte. Sie machte den Brief mit der Botschaft fertig, zögerte dann und wollte jemand anderen schicken. Doch plötzlich wusste sie, sie musste diese Nachricht selbst überbringen. Selbst durchgehen bis zum Gemeinten, nicht im letzten Augenblick zurückschrecken, bevor es getan war. Es war wichtig, das zu tun. Diese Dringlichkeit, selber etwas zu machen, hatte sie noch den ganzen Tag begleitet, während sie arbeitete.

»Du warst immer die Nummer Eins«, sagte Arno zu Nina.

»Du weißt, die Eins ist so viel wert, wie viele Nullen dahinter sind«, antwortete sie und er erinnerte sich an diesen Ausspruch, der sich auf die Begabung und die Fähigkeiten des Charakters bezog, die Begabung zur Entfaltung zu bringen. »Wir sind füreinander Wahlverwandte«, sagte er und sie schwieg und dachte daran, wie sie beide das letzte Mal nachts eng umschlungen beieinander gewesen waren und sie das Gefühl gehabt hatte, sie lägen auf einem Brett, einer den anderen schützend, doch über einem Abgrund.

Mitternacht nahte. Die Linsen wurden aufgetragen, Symbol des Geldes, des Gewinns. Streng nach dem Plan der Küche waren die Gerichte ausgetragen worden, abgeräumt die Teller und neue serviert und immer wieder neue Bestecke, als ob das Übermaß an Sorgfalt im Materiellen einen Hunger stillen sollte, der weit über das Materielle hinausging. Und es rührten sie diese Bemühungen, eine Stimmung aufrechtzuerhalten, die gute Laune der Gäste zu unterfüttern, den luxuriösen Glanz vieler Feste wieder herzustellen, die hier im Raum schon gefeiert worden waren, während doch der Einbruch einer Nachricht alle Freude zerstören konnte. Einer Nachricht, die vielleicht schon jetzt auf dem Schirm des Computers im Büro erschienen war. Eine Aneinanderreihung von Buchstaben, welche den Aufschrei der Wirtin auslösen würde und in Folge andere Schreie, verhallend im Echo aller Schmerzenslaute, aber noch war es nicht so weit.

Unruhe begann sich auszubreiten. Einige der Gäste standen auf. Die beiden Flügeltüren, die zur Terrasse gingen, wurden geöffnet. »Erinnerst du dich an ›In the mood for love‹?«, fragte Arno und Nina sah einem Mann nach, der einen malvenfarbenen Anzug trug und jetzt auf die Terrasse ging. Dreimal hatten Arno und sie diesen Film gemeinsam angesehen, um wieder und wieder dabei zu sein, wenn die Menschen suchend durch die Szene gingen, an unwirklichen Wänden vorbei, die Blicke wechselnd mit dem, den man ewig lieben wird, weil einem die Liebe versagt wurde, erwidert und doch versagt. »Wie könnte ich den Film vergessen, er führte uns doch die ›Momente des Seins‹ vor«, sagte Nina und sie wollte selber wieder dieses Gefühl einer gesteigerten Anwesenheit haben und wusste, auch das verband sie mit Arno. »Das doppelte Leben. Jeder schien einen Schatten neben sich zu haben, der alles bemerkte. Oder sie waren dieser Schatten selber, während die Figur zu jeder Verabredung zu spät kam.«

Und Arno dachte an die Szene, wie der Mann sein Geheimnis in die Höhlung eines Steins hineinspricht und ihn verschließt.

»Nur noch wenige Minuten«, rief Harriet. »Was wird sein 2005?«

»Gedenktage«, sagte Bernward. »Sechzig Jahre Kriegsende, neunzig Jahre Genozid an den Armeniern, zweihundertster Todestag Schiller …«

»Nein, ich meine wirklich, was wünscht ihr euch?«

»Dass ihr mich alle mögt«, antwortete Arno.

»Gib, was du bekommen möchtest«, sagte Bernward, und Karla dachte an ihre Kinder, deren Anrufe sie erwartete und die vielleicht wieder nicht anrufen würden. »Sie fürchten immer, etwas zu verpassen, aber das wird sich geben. Nur jetzt wollen sie sich noch nicht binden. Neulich hörte ich, wie ein Freund meiner Tochter sagte: ›Kinder will ich auf keinen Fall. In der ersten Hälfte des Lebens hat man Ärger mit den Eltern und in der zweiten mit den Kindern. Lieber keine Bindung und so keine Belastung.‹ Aber so haben sie keine Füße auf der Erde.«

Da Karla keine Anrufe bekam und offensichtlich niemanden erreichte, nahm sie ihr Handy und fotografierte die Freunde, immer zwei zusammen und immer wieder auch Judith. Es war ihr jedes Mal das Erstaunlichste, dass sie diese Bilder gleich verschicken konnte.

»So haben sie doch eine Nachricht von mir«, sagte sie. »Ich bin sicher, das erfreut sie. Briefe schreibe ich selten, das führt oft zu Missverständnissen. Aber diese Bilder, die zeigen ihnen, wo ich jetzt bin und so sind wir doch verbunden miteinander, auch wenn wir es uns nicht sagen.«

Wann würden sie sich wiedersehen? Es war ungewiss. Keiner wusste eine präzise Antwort. Karla bedauerte, dass niemand mehr den anderen spontan besuchte und jede Verabredung geplant werden musste. Nina erinnerte sich, dass ihr Vater fast jeden Abend bis in die Nacht hinein mit einem Freund zu Hause gesessen und Schach gespielt hatte. Es war erstaunlich, welche selbstverständlich engen Freundschaften es gegeben hatte und wie schwierig es war, jetzt diese aufrechtzuerhalten. Bernward meinte, dass es wirkliche Verbindung nur durch ein gemeinsames Tun gäbe, gemeinsame Interessen. Darum schlug er vor, jetzt bald zu planen, wohin ihre Radtour 2005 sie führen könnte, falls es ihnen gelänge, sich gleichzeitig für zwei Wochen frei zu machen von allen anderen Verpflichtungen. Es musste doch möglich sein, wenigstens noch einmal zu wiederholen, was ihnen in den vergangenen Jahren ein solches Vergnügen bereitet hatte. Ja, vielleicht würden sie es wirklich schaffen, eine größere Tour zu machen, so wie damals, als sie durch den Peloponnes geradelt waren. Und natürlich würden alle zusammen wieder in die Oper gehen.

»Tosca! Endlich wieder Puccini. Die Oper ist das einzig dem Leben Angemessene, die große Bewegung, die Überhöhung, die ihm gerecht wird. Es ist der Krieg, das Triumphgeschrei und das Solo des Absturzes in Verzweiflung, der unendliche Sturz und das Aufsteigen über den Zenit, der Aufstand der Seele, die Vollkommenheit der Liebe …« Arno sagte das mit ironischer Begeisterung und seine Freunde lachten.

»Es wird sich alles ändern im neuen Jahr«, sagte Judith. Alles war möglich, die Welt lag vor ihr mit Straßen, die in alle Richtungen gingen, während die Freunde schon gebunden waren durch das, was sie getan hatten und was sie an Kenntnissen erwarben.

»Darum nun unser häufiger Ausbruch im Privaten, weil wir sonst kaum noch eine Möglichkeit haben, uns zu verändern«, sagte Arthur freundlich lästernd.

»Man muss alles auf eine Karte setzen, nur das ist ein großes Spiel«, sagte Bernward und sah dabei Harriet zärtlich an und Arno war verblüfft. Er war immer der Spieler gewesen, doch niemals Bernward.

»Jeder sollte einen Wunsch haben und ganz fest daran glauben, dass er in Erfüllung geht. Es kann nicht sein, dass sechzig Prozent aller Menschen, die am Ende des Jahres in Deutschland befragt wurden, keine Zukunftsträume mehr haben. Nur noch kleine Wünsche, ein neues Auto oder so etwas«, sagte Harriet. Sie dachte an die Stadt und wie sie morgen wieder dort sein und alles seine Normalität haben würde, die jetzt, von diesem Ort aus gesehen, nicht glaubhaft war. Und es beunruhigte sie, dass ihre Arbeit auch im neuen Jahr sein würde wie im alten, begleitet vom ständigen Kräftemessen mit einer Kollegin, die Sätze wie Fallen auslegte, Nachrichten verbarg oder nicht weitergab. Sie wusste, sie hielt dies nur aus, weil Bernward ihr zur Seite stand und sie immer wieder ermutigte.

»Ich wünsche mir Frieden«, sagte Bernward, »also etwas ganz Unmögliches, wie es scheint. Ihr meint ja, ich hätte keine Utopien mehr. Aber ich habe sie nicht vergessen, nur werde ich immer pragmatischer, äußere sie kaum noch. Wozu soll ich darüber reden, wenn ich nichts ändern kann.« – »Wieder versuchen. Wieder scheitern. Besser scheitern«, sagte Nina und meinte, dieser Satz sei von Beckett.

Die Zeit verschleppte sich von einer Minute zur anderen. Die Freunde spürten, sie gehörten an diesem

Abend zusammen. Alles, was sie zueinander gesagt hatten, jede Geste, jeder Blick waren wie Ingredienzen eines gemeinsamen Mahles, das sie für sich angerichtet hatten, ihre Silvestermahlzeit, an die sie sich erinnern würden.

Ein junger Mann, der an einem der Tische in der Nähe gesessen hatte, stand auf und wandte sich an Harriet und begrüßte sie. Sie entfernten sich einige Schritte, um ungestört miteinander zu reden. Sie lachte heiter mit dem Fremden, der sie von irgendeinem Meeting ihrer Firma her kannte. Er sagte, er hätte sie sehr bewundert, wie charmant und doch in der Sache unnachgiebig sie ihren Standpunkt durchgesetzt hätte. Sie erinnerte sich nicht, ihn damals wahrgenommen zu haben, aber jetzt fand sie ihn äußerst bemerkenswert.

Karla wollte aufstehen, blieb dann aber sitzen. Tatsächlich bewegten sich jetzt die runden Tische um sie herum wie ruhige Kreise, kreisende Sufis, die sie einst gesehen hatte. Sie hoben sich langsam ab vom Boden in ihren weiß-schwarzen Gewändern kreiselnd um die eigene Mitte, umrundeten den Mittelpunkt, brachten ihn hervor. Sie versuchte, sich zu konzentrieren. Doch schien es ihr unmöglich, die Hände zu bewegen, sich dem Nachbarn zuzuwenden oder irgendetwas Verständliches mit ihm zu reden. Scheinbar endloses Verharren, bevor die Fixierung sich langsam wieder löste, ohne dass einer am Tisch es bemerkte.

Karla verstand plötzlich, was mit ihrem Vater geschehen war. Es war in seinen letzten Tagen gewesen, da hatte sie ihn gefragt, ob sie versuchen sollte, ihre Mutter, seine Frau, ausfindig zu machen. Vielleicht dass doch jemand die Adresse hatte, damit er am Ende seines Lebens sie, die er so sehr geliebt hatte und die so lange schon verschwunden war, noch einmal wiedersehen könnte. Doch er hatte lange geschwiegen und dann sehr bestimmt abweisend gesagt: Wir haben längst Abschied genommen. Das ging ihr jetzt nach, dies Wissen um die tote Liebe … längst haben wir Abschied genommen, die nicht zu lebende Liebe, die nicht erwiderte Liebe. Vergebliches Warten, der flügellahme Niedersturz und sich allein wieder erheben. Und ihr war sonderbar zumute, wenn sie die Freunde ansah und jene Fremden an den Tischen, die dem ihren am nächsten waren. Man lebt so lange, bis man Mensch wird, dachte sie, bis man die Gesichter erkennt, sie als Wesen sieht, nicht als Vater, Mutter, Mann oder Kind, und man jeden Menschen ansehen kann, als einen, der aufwacht und sich umsieht und leben möchte und sich hindert und läuft und immer nur mit den Händen nach vorne greifen kann und merkt, dass rechts und links die Landschaft vorbeigleitet, und die Menschen sind mit uns und winken und bleiben zurück. Du kannst dich nicht umdrehen und ein Stück zurückgehen, um sie noch mal zu umarmen und du bist ganz hilflos, weil auch der Schmerz vorbeigeht und die Lust und die Frage nach all den Tagen, den wunderbaren, mit all ihren Farben und mit denen, die das sahen und mit mir, die ich es nicht sah. Zu wenig sah, weil schon der nächste Blick immer voraus, und eines Tages nicht mehr, kein Blick voraus. Alles, was war, steht dann hinter mir, ist nur gewesen, weil ich war und wartet auf diesen Stillstand, in dem ich all dies gewahr werde, weil ich von keinem Blick mehr vorangezogen werde, sondern verharre und in eins sie alle wahrnehme, die da waren und erkenne, dass ich dieses war durch sie und sie durch mich. Selbst die Verzweiflung wird gut geheißen und selbst die unbedeutendste Geste wird anwesend sein und gemeinsam werden wir in Eins fallen, in kreisender Bewegung … »Ja, ich werde dies alles in Erinnerung behalten«, rief sie laut und die Freunde lächelten ihr zu. Gleich würde das alte Jahr zu Ende sein, abgeschlossen, eingeschlossen wie in einem Schrank, hinter Glas die Titel der vergangenen Geschehnisse, Buchrücken neben Buchrücken. Schon waren auf dem Markt die Darstellungen dessen, was im Jahr 2004 geschah, nicht mehr veränderbar die Tatsachen. Nur die Motive, warum etwas geschah, blieben unschlüssig interpretierbar.

Die Kellner servierten Gläser mit Champagner. Alle Gäste im Saal hatten sich jetzt erhoben, schon umarmten sich einige Paare. Bernward sagte, es fehle noch eine Minute. Niemand wusste Genaues, doch gleich würde es so weit sein und plötzlich rief der junge Mann, mit dem Harriet gesprochen hatte: »Prosit Neujahr!« Und alle fielen erleichtert in den Ruf ein, als hätten sie gerade eine gefährliche Schwelle übertreten, froh, den Übergang geschafft zu haben. Was immer geschah, dies hatten sie hinter sich gebracht. Das alte Jahr erstarrte und das neue öffnete sich. Ein bisschen Tod und Auferstehung, nichts als ein Kalenderdatum, bedeutungsvoll nur als Zensur, damit nicht alles fließend verging. Es war ein winziger Moment des scheinbaren Stillstandes, der Kehrtwende in eine neue Richtung. Die alten Fahrkarten wegwerfen und die neuen lösen, entfernte Ziele dabei im Sinn und doch reale in der eigenen Agenda. Was ist schon ein Jahr.

»Feiern wir also die Ablegung des alten und legen wir uns ein neues Outfit zu für das neue Jahr«, sagte Harriet.

Null Uhr! Welch ein Ereignis. Das Glück soll kommen, die Hoffnung nicht trügen. Sie stießen an und tranken und umarmten einander. Arno hielt Nina fest und nah bei sich. – Er ist alles, was ich liebe und nur weil er da ist, liebe ich alle anderen, dachte sie und hatte plötzlich Tränen in den Augen, als sie Judith umarmte. Sie spürte den Körper der jungen Frau, den sie in ihren Armen hielt. Sie sah Arno an, der sie beobachtete und sie war gewiss, noch in dieser Nacht würden sie sich lieben und er würde an Judith denken und sie würde sich an diesen Moment erinnern.

Einige der Gäste standen schon auf der Terrasse, auch die Freunde gingen jetzt hinaus, um das ferne Feuerwerk über der Stadt anzusehen. Es war ganz schwach nur zu erkennen, eher wie ein Spuk, ein Aufleuchten und Vergehen in der abstürzenden Finsternis. Die Explosionen der Feuerwerkskörper waren sehr entfernt und hatten so nichts erschreckend Bedrohliches. Es klang, als platze in der Ferne die gespannte Haut großer Trommeln oder es war wie das Nachgrollen eines Gewitters, immer schwerfällig den Licht-Erscheinungen folgend, die dann auch bald verloschen. Am Ende waren es nur noch kleine Funken in der endlosen Dunkelheit, irgendwo im Unbestimmten wie ein Blinzeln des Lichtes, wie ein Auge, das sich schloss. Wände aus Nacht, fühlbar die Luft, die sie trennte. Kalt war der Wind, trotzdem blieben sie noch auf der Terrasse. Abseits stand einer der Kellner und rauchte. Einige der Gäste hatten ihre Handys am Ohr und gingen damit auf und ab und sprachen mit fernen Menschen, beteuerten auch für sich selber, dass sie hier auf der Terasse anwesend waren. Harriet hatte Karlas Jacke mitgenommen und legte sie ihr jetzt über die Schultern.

Ein älterer Mann sprach Bernward an, er behauptete, er sei sein Patient und beunruhigt wegen seiner Blutwerte, die vor kurzem gemessen worden seien. Doch seine Frau zog ihn fort, er solle den Arzt nicht stören. »Verzeihung«, sagte der Mann und lehnte sich an das Gitter der Terrasse und beugte sich weit hinüber, als könne er irgendetwas ergründen, fern von allen Leuten, die jetzt hier standen, auch abgewandt von seiner Frau, die so besorgt um ihn war.

Karla stand neben Nina wie betäubt, als seien ihre Sinne ganz aufgesogen von dem, was sie sah. Vor ihnen der nächtliche Himmel, der sich als Plattform die Erde geschaffen hatte. Ein tiefdunkler nachgebender Himmel, endlos tief. Sie sah zu Harriet und Bernward, die eng beieinander standen und erinnerte sich, dass Bernward gesagt hatte, am Ende würde es das Wichtigste in seinem Leben gewesen sein, Harriet getroffen zu haben.

Arno hatte seinen Arm um Judith gelegt. Sie sollte ihm gehören. Warum sonst hatte er so lange auf sie gewartet in der absurden Normalität, in der sie sich alle bewegten, sie alle so brüderlich und schwesterlich, freundschaftlich, feindselig achtsam, untröstlich und vergnügt.

»Wäre ich eine Fledermaus, würde ich mit dem Kopf nach unten jetzt hängen und alles anders herum betrachten«, sagte Judith.

»Bleib wie du bist«, sagte er und flüsterte ihr ins Ohr hinein, was nur sie wissen sollte.

»Lass uns bald gehen«, sagte Karla zu Arthur.

Als sie in den Saal zurückkehrten, hatten die Kellner Cognac und Kaffee auf die Tische gestellt. Auch dieser Abend war nun schon wieder vergangen, wie

Harriet mit Bedauern feststellte. Während Judith ungeduldig auf den nächsten Morgen wartete. Entscheidungen sollten getroffen werden, Wege in die Zukunft gelegt.

Sie wird die Schmerzen kennenlernen, es kann nicht anders sein, dachte Nina zärtlich, das Herz wird ihr brechen, ein über das andere Mal, und Gegengift wird sich bilden, das heilsame, isolierende und sie wird die Notwendigkeit erkennen, dies anzunehmen. Doch Judith sah sie lächelnd an. Es war eine ruhige Sicherheit in ihr. Es wird gut ausgehen, es konnte nicht anders sein.

»Es war ein langer Abend«, sagte Karla. Doch mehr noch als die Geschichte mit Judith würde sie den Wirt in Erinnerung behalten und das Klappen der Küchentür und wie in der nun offenen Tür zum Büro einige der Kellner standen und diskutierten. Dann rief jemand etwas. Die Stimme kam aus der Küche oder aus dem Büro. Der Ruf wurde von vielen Stimmen aufgenommen, dann brachen sie ab, bevor sie deutlich genug zu vernehmen gewesen wären. Es wurde stiller im großen Saal, wie Licht, das dunkler wird. Leiser die Unterhaltungen der Gäste. Das Gefühl plötzlicher Leere. Abwesenheit. Jetzt waren die Gäste nur noch zufällig Anwesende. Bernward ging zum Wirt, der nah dem Ausgang bei der Theke stand. Als er zurückkam, sagte er: »Nein, noch immer keine Nachricht.«

Es war zu Ende. Die ersten Gäste brachen auf. Bald schon suchten auch die Freunde ihre Mäntel in der Garderobe. Ein Schwarm unruhig schwatzender Menschen verließ das Restaurant, drängte sich aneinander, wie eine Herde beim Anbruch eines Gewitters. Hinter ihnen schlossen sich die Türen des Restaurants.

Zum Abschied umarmten sie sich noch einmal. Arno wusste, als er Arthur umarmte, dass er diesen Mann in all den Jahren und Jahrzehnten immer wieder umarmt hatte. Sie wünschten sich Glück und riefen es noch einmal einander zu, als sie die Treppen vom Restaurant zum Parkplatz hinuntergingen.

Karla sah Nina an und sie war so jung, wie sie damals gewesen war, und auch sie selber war sehr schlank und wendig, mit langen, glänzenden Haaren und Arthur nahm sie in die Arme, damit sie ruhig wurde. »Mein wunderbares Lieb«, sagte er und hielt sie mit einer sanften Bewegung am Arm fest, um sie sicher zu geleiten. Sie hörten noch Nina reden und das kurze Lachen von Bernward und das Anspringen der Motore einiger Autos, die sich langsam dann entfernten.

Als die letzten Gäste die Treppe hinuntergingen, erloschen die Lichter auf der Terrasse. Die Fläche des Parkplatzes hatte jetzt eine gefährliche Kälte, hob sich fremd hervor. Sie saßen im Auto und schalteten die Scheinwerfer ein. Arthur fragte Karla, ob ihr warm genug sei. »Ja, es geht«, sagte sie und zog den Schal fester um sich. Es war, als sei nichts gewesen, immer als sei nichts gewesen.

Die drei Paare fuhren wieder voneinander getrennt in die Stadt. Judith wollte mit Arno und Nina fahren und Nina setzte sich zu ihr auf den hinteren Sitz. Beide Frauen waren müde, sahen hinaus. Bäume tauchten auf und verschwanden, immer eiliger rückwärts weggezogen. Dunkle Felder drehten sich fort, wie auf der Bühne eines Theaters beim Szenenwechsel. Der Himmel konstant.

»Liebst du Arthur?«, fragte Judith leise. Nina wandte sich ab und lachte leicht auf. »Ja, auch ihn«, sagte sie endlich, während Arno schweigend fuhr, in Gedanken an Bernward und Arthur und was es denn war, was sie alle miteinander verband.